현장에서 퍼 올린 건축 이야기

밥을 짓듯 건축하다

현장에서 퍼 올린 건축 이야기

밥을 짓듯 건축하다

초판 1쇄 인쇄일 2019년 10월 04일
초판 1쇄 발행일 2019년 10월 11일

지은이 김경희
펴낸이 양옥매
디자인 송다희 임흥순

펴낸곳 도서출판 책과나무
출판등록 제2012-000376
주소 서울특별시 마포구 방울내로 79 이노빌딩 302호
대표전화 02.372.1537 **팩스** 02.372.1538
이메일 booknamu2007@naver.com
홈페이지 www.booknamu.com
ISBN 979-11-5776-781-6 (03800)

이 도서의 국립중앙도서관 출판예정도서목록(CIP)은 서지정보유통지원시스템 홈페이지(http://seoji.nl.go.kr)와 국가자료종합목록시스템(http://www.nl.go.kr/kolisnet)에서 이용하실 수 있습니다. (CIP제어번호: CIP2019038106)

현장에서 퍼 올린 건축 이야기

밥을 짓듯 건축하다

여성 건축사
김경희 에세이

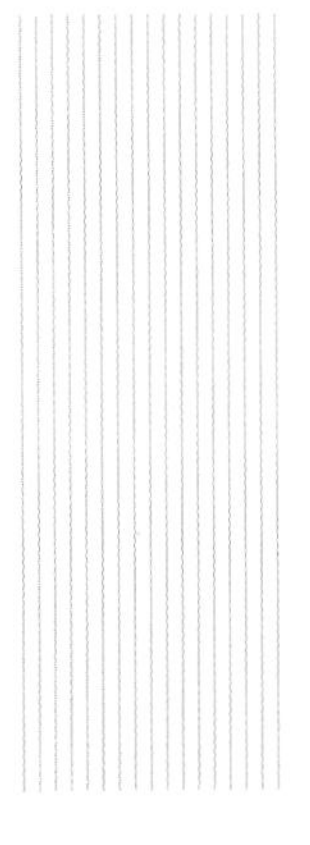

책과나무

Prologue

새로운 생명의 건축을 꿈꾸며

1979년, 건축공학과를 졸업하고 1982년에 이공학 석사 학위를 취득했다. 수험생 시절, 나는 이공계를 지원했다. 지금 돌아보면 당시엔 건축이 무엇인지도 모르고 입학했던 것 같다. 대학을 졸업하고 대학원에 진학할 때조차도 건축에 대한 나만의 철학이나 관점이 없었다. 공직을 그만두고 건축사 자격을 받을 때까지 걸린 세월은 10년이었다.

세상은 녹록하지 않았다. 결혼하고 아이를 키우면서도 나는 단 한 번도 일을 쉬거나 그만둘 생각을 하지 않았다. 젊은 시절엔 힘들어도 건축의 새로운 지평을 알아 가기 위해 야근도 마다하지 않았고, 중견 건축가가 된 이후엔 젊은 시절 바친 땀이 아까워서라도 계속 뛰어들었다.

1996년 개업한 이후 지금에야 한국에서 건축사로 산다는 것이 무엇인지, 현명한 건축이 무엇인지 알 것 같다. 이 경험을 위해 어쩌면 굽이굽이 휘어진 비탈길을 오르고 떨어졌던 것 같다. 당시는 여성에 대한 사회 인식이 낙후했고, 여성 기술인은 소수로 경쟁해야 했다. 무엇이 듣지 단시간에 배워 나가야 했다.

이 책엔 내가 여성 건축가로서 일하며 경험하고 부대꼈던 사실과 생각을 담았다. 한국 건축계의 토양과 건축사로서의 자전적 기록이다. 나는 지금의 정보와 지혜를 얻기 위해 너무나 많이 넘어지고 부딪혔다. 각종 규제와 탁상행정은 돌부리로 모나 있었고, 부조리한 관행의 뿌리는 견고해 새로운 혁신과 도전을 가로막는 거대한 장벽으로 서 있었다.

이 사회에서 여성이 로비하지 않고 버티기란 하늘의 별 따기였다. 바른 생각과 정직한 행동은 도움이 되지 않았다. 여성 전문가로서의 삶, 그 자체만이 유일한 위안이었다. 거짓 없는 내 삶의 경험과 기록이 많은 건축사와 건축학도, 지망생들에게 도움이 되리라 생각했기에 이 글을 쓸 수 있었다.

살아남으려면 나름 줄을 서야 하는데 나는 줄을 서지 않았다. 한국은 학연, 지연 등의 '연'이 없으면 올라가기 어려운 사회다. 단단한 껍질 안에서 똬리 튼 이너서클 안에 진입하기 어려운 나라였다. 겉으로는 공정성을 띠지만, 실상은 그들만의 위계와 서예로 공고화되어 대부분의 승패는 경쟁 이전에 결정되어 있었다. 옳게 살려고, 바르게 일하려고 곁눈조차 주지 않고 걸어오며 부딪히고 넘어졌던 세월이 때론 허망하게 느껴질 때가 있다.

남편은 1986년 말에 건축사자격증을 받자마자 김중업 선생님 사무실에 입사했다. 나도 배우고 싶은 스승을 만나게 되어 문하생이 되기를 원했다. 선생님은 나를 너무 늦게 만났다며 선생님 사진 뒷면에 내 호칭을 '또순 여사'라 적어 주셨다.

사랑하는 어경혜군과 또순女史에게
건축의 길이란 고달프고
외로운 길일망정 파고들면
값고 빛나는 내일이 있어 흐뭇
하고 보람있을 것을 굳게 믿고
꾸준한 내일에의 정열을 다져다오
一九八七.三.六 석운

그러나 행복은 오래가지 않았다. 이듬해 당신께선 소천하셨다. 선생님이 가시고 나서 빈자리만 남아, 지금도 가끔 편지를 읽곤 한다. 세월이 지나 선생께서 하신 "건축은 꾸준히 계속해야 조금씩 알게 된다."는 말씀을 이해하게 되었다. 결국 건축이란 꾸준한 학습과 오랜 경험을 토대로 축성해야만 자신만의 예리한 감각과 독창적인 관점을 얻을 수 있는 것 같다. 나 역시 이를 체득하는 데 오랜 시간이 걸렸고 절대적인 시간을 보내야만 했다. 건축가를 지망하는 청년이나 건축사 업무를 시작하려는 이들 모두 자신만의 이정표를 세운다. 그 이정표는 결국 끝까지 걸어가 봐야 무엇이 진짜이고 무엇이 껍데기인지 알게 된다. 결국 스스로 새로운 변화를 끊임없이 추구하고 알려는 의지와 동행하는 것이 건축가의 삶이다.

100년을 해도 건축은 모른다. 똑같은 건 하나도 없기 때문이다. 늘 새로운 시작이다. TV에 나오는 달인들은 놀라울 만큼 기능적이다. 우린 달인들의 최고의 순간을 보고 신들렸다거나 작두에 올랐다고 한다. 건축 역시 신들린 장인이 되어야 '좀 할 줄 안다'는 소리를 듣는다. 그러나 알면 알수록 훨씬 어렵다. 사람은 멋모르고 멋 부릴 때 가장 행복하다.

몸으로 얻은 내 경험을 후배와 동료 건축사들과 나누고 싶다. 그리고 현장에서 퍼 올린 이야기 중 상당수는 한국 건축계의 퇴행을 다루고 있는데, 대부분의 건축사들이 공감할 것이라 생각한다. 현장을 접해 본 사람이라면 누구나 다 알지만 누구도 용기 있게 말하지 못하는 곳이 한국의 업계이다. 독자들이 보기에 지나치게 소소한 이야기 역시 정직하게 담았다.

수십 년간 건축가로 살며 하나 또렷하게 내세울 수 있는 자랑이 있다면 내가 간직했던 직무윤리다. 나는 일을 하면서 재건축, 재개발 소식이나 지구단위 계획의 변경 등 많은 건설 관련 정보를 얻을 수 있었다. 그러나 나는 내가 얻었던 정보로 땅을 사거나 집을 매매한 적이 단 한 번도 없다. 이는 내가 업무를 하는 동안 알게 된 정보는 활용하지 않겠다는, 전문가로서 살기 위한 금칙이었기 때문이다. 바르게 살고 정직하게 일하는 건축가로 사는 것 자체가 나에겐 큰 가치이기도 하다. 갑과 을의 위치가 바뀌어도 내 방침에 흔들림은 없었다.

이 책도 마찬가지다. 조금 아는 것을 많이 부풀리지 않으려 했고 내가 겪은 일을 과장하지 않고 사실 그대로를 기록으로 남기려 노력했다. 부족한 이야기이지만 내 목소리가 독자와 한국 건축계에 작은 울림이라도 남겼으면 하는 바람이다.

세상도 바뀌고 있다. 지금 여러 분야에서 묵었던 낡은 관행을 허물어뜨리기 위한 맑고 바른 목소리가 터져 나오고 있다. 시대가 변하고 있다. 이젠 건축계도 달라져야 한다. 건축사는 처음부터 불법을 원천 봉쇄하는 의무를 짊어져야 한다. 관행과 정부 정책도 달라져야 한다. 여러 분야에서 혁신의 바람이 불었지만 유독 건축계만이 시대의 변화에 화답하지 않고 있다.

건축사는 가장 생산적인 전문가이다. 세상을 디자인하고 사용자에게 보람을 주는 사람이다. 그러나 건축사로서의 본연의 가치보다 경제적 이윤만이 생업의 모든 것이라고 여기는 부류도 많다. 나는 직업인으로서의 품격을 유지하기 위해 더 많은 땀을 흘리고자 한다. 나비로의 새로운 탄생을 꿈꾸는 고치의 꿈, 나는 그렇게 또 다른 이야기를 준비 중이다.

2019년 9월의 가을에

김경희 (아호: 炅禧)

차례

1

터 무늬를 잡다

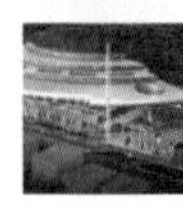

2

숨결을 닮은 건축

3

부동산공화국

4 행동하는 선한 힘

5 희망 한 됫박

1

터 무늬를 잡다

집터를 잡고 나면 일꾼들은

몇 날이고 달구질을 하며 땅을 다졌다.

그렇게 오래도록 다져 세운 집은

화재로 소실되어도 터 무늬가 남았다.

도편수는 터 무늬만 보고도

다시 집을 세울 수 있었다.

심장이 다시 뛰던 날

나는 대학원을 졸업한 후 국내 굴지의 H 건설회사에 취업했다. 해외 건축주임의 역할을 하면서 나는 늘 사우디아라비아 현지에 파견되어 지휘하고 싶었다. 사우디 사막 한복판에서 우리의 기술로 시공하는 그 장엄한 역사에 참여하고 싶었던 열망도 있었지만, 내면에는 집안으로부터 저 멀리 떨어져 신화를 창조하고 싶은 마음이 컸다. 장성한 기술직 여성이었지만, 여전히 어머니는 나를 철없는 여고생 취급하셨기에 나는 직장인이었지만 독립된 성인으로 서지는 못했다. 회사에서도 현지 여건을 고려해 여성이 사우디에서 공사에 참여하는 것을 크게 우려하여 보내 주지 않았다.

건설회사에 다닐 때 내 책상 옆자리에서 일하던 w가 지하철공사에 먼저 입사했고, 나는 퇴근 후 지하철공사에서 아르바이트를 하여 날마다 저녁 10시가 넘어 퇴근했다. 1985년 3 · 4호선 개통을 위해 많은 인력이 요구되었고, 결국 나는 지하철공사 채용에 응해 좋은 성적으로 입사할 수 있었다. 당시 여성 기술직으로서는 내가 유일했다.

우리 부서 68여 명 중 남자 미혼자가 7명이었다. 건설회사에 있을 때 W에게 소개팅을 받았던 친구도 있었는데, 이때 다시 만나 사귀어 훗날 남편이 되었다. 나는 결혼을 하고 이듬해 연년생으로 두 아이를 낳았다. 이때만 해도 나는 아이를 키우는 여성이 자신의 전문성을 살리기가 얼마나 어려운지 가늠하지 못했다. 양가 어머님들이 아이를 봐주셨지만, 그것도 한계가 있었다. 큰아이에 갈아 준 기저귀가 마음에 안 들어 울컥한 후 회사를 그만둘 결심을 했다.

당시 지하철공사의 급료는 웬만한 대기업 수준이었다. 급여는 기존 직장의 2배였고 상여금은 800% 정도였는데 두 사람 분을 합치면 생활비로도 쓰고 저축도 할 수 있었다. 당시 기술직 여성이 드물었고 특히나 여성 기술직은 나 혼자였으니 내가 아마 계속 공사에 다녔더라면 임원은 하고 나왔을 법하다. 물론 지금 와서 생각해 보면 공사만큼 좋은 황금 직장도 없다. 지금도 그렇지만 돈 계산은 해 보지도 않고 결정했던 나는 무지한 사람이었다.

그만둘 결심을 하게 된 또 하나의 사유는 미래에 대한 확신 문제였다. 당시 직원의 주류가 군 출신이었으며, 여성 사무직 직원들도 군인 출신들이었다. 여성 중 한 명이 위관 출신이었고, 나머지는 중사, 하사 출신이었다. 지하철 공사에서 일하던 때 기억에 남는 것은 지하철 노선의 컬러를 결정했던 것과 역사의 내장 디자인, 사당동 본사 담장공사 등이다.

결혼 전에는 3호선 홍제역과 홍은역 감독이었는데 결혼 후 임신하니 기존 역사의 시설물을 관리하는 부서로 발령을 냈다. 그렇게 2호선 S 역사 핸드레일 공사 감독을 맡게 되자, 더는 이곳에 있다가는 생산성이 없다는 확신이 들었다. 정말 그 시절 나는 편안한 봉급생활자보다는 불확실한 그 무언가에 대한 꿈을 좇고 있었다.

내가 공사를 나올 때만 해도 남편보다 내가 먼저 진급 대상이었기 때문에 내가 퇴사하면 상대적으로 남편의 빠른 진급이 기대되었으나 얼마 가지 않아 나는 남편에게도 같은 꿈을 꾸자며 공사를 나올 것을 권유했다. 지금도 어렵지만 당시엔 건축사 자격시험이 무척이나 어려웠고, 자격증을 가진 건축사 인원수도 적었으며 그 당시 건축사들은 특히 돈을 많이 벌었다.

공병 대위로 제대하여 공직에 있었던 그는 공부를 해 보지 않아 사표 제출을 겁냈다. 내가 그리는 그림은 자꾸 이리저리 바뀌었다. 사직을 권장해도 그는 대답이 없었다. 그가 3호선 옥수역 감독관으로 개통을 앞둔 시점이라 한창 공사에 집중하던 시기였다. 1985년 옥수역 완공 후 감독상을 받은 그를, 나는 또 조르고 졸라 어느 날 사직서를 작성해서 제출하게 했다.

생각하면 참으로 말도 안 되는 권유였지만 똑같은 상황이

온다면 지금은 따질 것 잘 따져 보고 편한 길을 택했을지도 모른다. 그땐 개인사업자가 더 낫다고 생각했다. 신의 직장을 억지로 그만두게 한 나는 회사를 그만두고 나온 후부터 '고생하며 벌받기'를 시작해 지금도 그 벌을 받고 있다.

1985년 말, 퇴직 후 그는 이듬해 단 한 번의 시험만으로 건축사 자격을 취득했다. 남편은 집중력이 매우 뛰어났다. 공병대 장교 시절에도 실적을 위해서 군대에서 받을 수 있는 모든 자격증은 물론, 트레일러 면허증까지 가지고 있었다. 나중에 들은 이야기인데 남편은 지하철에 근무하는 옛 동료들의 롤 모델이 되었다고 한다. 그가 합격했으니 우리도 하자며 시험에 도전한 동료들이 많았다. 한참 후 공사 후배 중 한두 명이 더 합격하였다.

남편은 심성이 좋아 셀 수 없을 정도로 친구가 많았다. 핸드폰이 없던 시절이라 저녁이 되면 늘 술자리 콜 전화가 집으로 왔다. 내가 집에 있는 날은 수험 공부의 리듬이 끊길까 봐 바꿔 주지 않았다. 실제로 그는 아침 6시 도서관으로 출근해 다음 날 새벽 2시에 들어왔기 때문에 거의 집에 없었다.

나는 남편보다 몇 달 앞서 나와 5개월쯤 아이들을 돌보았다. 그러나 남편이 1986년 1월부터 공부를 시작하자 "남편의 시험 준비 기간엔 내가 생계비를 책임진다." 했던 말빚을 갚기 위해 목동개발사업소 감리단 건축 계장으로 취업을 했다. 한마디로, 쌍으로 천직을 그만두고 인생의 새로운 판을 짰던 시절이다.

아파트 건설 현장에서 근무하니 계단을 하루에도 여러 번 오르내려야 하고 다리가 퉁퉁 부어 복어배가 되곤 했다. 다리가 부어 힘들어하던 나를 대신해 현장을 확인하고 와서 내용을 말해 주던 최 기사가 정말 고마웠다. 아파트는 층을 올릴 때마다 레미콘 타설 전 철근 배근 상태를 확인해야 했기 때문이다.

남편이 1987년 건축사사무소를 개업하자, 난 겨우 감리단 1년을 채우고 퇴직하였다. 이제 진짜 나의 고생길이 시작된 셈이다. 급료도 없는 남편 사무실에서 실장을 맡아 일도 하고 직원들 급료도 책임져야 했다. 건축사사무소 특성상 건축주에게 서비스를 해 주고 검토하는 일로는 돈이 되지 않았다.

정작 문제는 나 자신이었다. 두 아이를 키우면서 그의 사무실에 출근하고, 근무 중에 학원을 다니며 건축사 자격 시험에 도전했지만 나는 번번이 턱걸이를 했다. 1차가 합격하면 2차에서 떨어졌다. 1차 합격은 유효기간이 있었고 2차는 주관식과 실기시험인데 연습할 시간이 없으니 안 되는 건 당연지사였다. 이런 식으로 탈락이 연례행사가 되니 자존감도 떨어지고 우울감마저 찾아왔다.

상세한 분석 없이 퇴직해 버린 난 회사에 잘 다니는 사람을 꼬드겨 퇴사시킨 죄로 더 불안정한 생활을 해야만 했다. 내가 회사를 그만두었을 때 남편이 버팀목이 되어 주어야 했는데, 경제적 타산을 쏨쏨히 했다면 그렇게 연타로 서두르지 않았을 것이다.

건축사 자격 고시는 절대로 적당히 해서는 붙을 수 없는 시험이었다. 건축 계열의 자영업이 가능한 최고의 자격증인데 정작 나는 나를 위해 최선을 다해 보지도 못하고 세월만 낚는 심정이었다.

하루는 아들이 부엌에서 연필로 도면을 그리고 있는 나에게 짜증나는 소리로 말했다. 부엌은 타일 바닥이라 청소가 쉬워 A1 제도판이 놓였고 집에서 날 만날 사람은 모두 부엌으로 왔다.

"엄마는 왜 되지도 않는 시험은 계속 봐? 엄마랑 좀 놀고 싶은데…."
"귀찮아. 저리 좀 가 봐!"

아이의 물음에 대한 나의 한결같은 반응이었다. 그런데 이날따라 아이에게 무척 미안한 마음이 들었다. 포기하면 쉬울 것을, 금방 될 것 같아서 포기도 못 한 채 아이들에게도 대충이고…. 아이들이 원하는 건 진정 엄마일 텐데 말이다.

연년생 한 살 차이지만 큰딸은 엄마 옆에 맴돌지 않았다. 내가 힘들어하면 글쎄 오히려 내 눈치를 보았다. 그때 들었던 감정을 어떻게 설명해야 할지 모르겠다. 무엇 하나

제대로 매듭짓지 못하고 표류하고 있던 내 삶에 대한 경각심과 아이들에 대한 책임감이 들었다고나 할까.

이젠 이런 방식으로는 안 될 것 같았다. 아이들을 키운다는 이유로 나는 직업인으로서의 성장을 중단하고 싶지 않았다. 그러면서 늘 갈등하고 고민해 왔다. 내가 조금 더 현명했다면 남편 회사에 직원을 한 명 더 쓰더라도 나는 단기간 공부에 집중했을 것이다. 빛이 안 보이던 그때, 아이의 그 한마디가 나의 봉인을 풀었던 것 같다.

나는 정신을 가다듬고 아이들을 다시 불러 앉혀 놓고 어른을 대하듯 아주 정중하게 말했다. "4개월만 엄마 봐줄래? 딱 한 번만 공부해 보고 요번에 안 되면 진짜 포기할게. 엄마가 약속할 수 있는데 어때?"

동생이 대뜸 좋다고 대신 요번뿐이라고 큰 소리로 말했다. 누나도 덩달아 알았다고 고개를 끄덕였다. 그때가 1995년이었으니 아이들 나이는 11살, 12살이었다. 두 분 할머니 말씀 잘 듣고 주는 대로 밥 잘 먹는 것, 어항 금붕어 꺼내서 물장난치지 않고 아주머니 말씀도 잘 듣는 것까지. 우리는 그렇게 셋이서 굳게 약속했다. 아이 아빠는 항상 늦게 들어오기 때문에 그 자리엔 없었다.

다음 날 바로 난 집을 나와 신림동 고시촌으로 향했다. 단출한 짐만을 챙겨 여성 전용 고시원에 쪽방만 한 공간에서 공부했다. 방이 작아 책상 밑의 의자를 빼고 요를 깔아야 그나마 몸을 제대로 누일 수 있는 방이었지만 잠을 자러 간 것이 아니었기에 그런 건 안중에도 없었다. 아이들 얼굴을 봐서라도 이번엔 꼭 붙어야 했다.

가끔 남편은 아이들을 데리고 와 아이들 얼굴을 보여 주고 밥을 사 주고 갔다. 그렇게 4개월간 지독하게 공부했다. 요번엔 1차와 2차를 단번에 합격했다. 기존에 공부했던 것이 차곡차곡 쌓이지 않았다면, 4개월을 공부해 시험에 합격하는 것은 불가능했을 것이다.

1995년 면허를 취득했을 때 병신생(丙申生)이었던 내 나이 40이었다. 합격자 발표 소식을 듣던 날 식었던 심장이 다시 뛰었다. 내 인생은 그렇게 다시 움직이기 시작했다.

천천히 그러나 꾸준히

자신이 꿈꾼다고 자신이 원했던 직업을 가지는 것은 아니다. 대기업에서 안정적인 연봉을 받으며 재무관리를 하던 한 지인은 명예퇴직을 신청해 회사를 나와선 책을 쓰고 강의를 하러 다닌다. 자신의 적성은 많은 사람들의 에너지를 소통하고 긍정적인 힘을 모으는 사람사업이었는데, 너무 늦게 자신의 적성을 발견했다고 말한다.

그런가 하면 정치외교학과를 나와 정수기 회사에서 일을 하고, 영국 유명 아트스쿨에서 피아노를 배운 이가 동네의 작은 피아노 학원을 운영하기도 한다. 그냥 평범한 주부로 살다 습작 삼아 써 본 글이 점차 인정받아 드라마 작가로 등단하는 경우도 보았다.

자신이 원하는 분야에서 성공하고, 즐길 수 있는 일이며 그것이 밥벌이까지 된다면 가장 이상적일 것이다. 사람들은 모두 가치와 생활이 통일되는 그런 일을 갈망한다. 그 일의 가치가 사회적으로 긍정적으로 인정받는다면 더욱 일할 맛이 날 것이다. 그러나 아이를 키우는 일처럼, 사람의 업(業)이란 마음처럼 되지 않는다.

가장 가슴 아픈 일은 능력도 있고 장래성도 있는 사람이 가정환경이나 부모님의 병환 등으로 미래를 포기하는 경우다. 여성의 경우 힘들게 박사학위를 따고 연구에 매진해야 할 시기에 임신과 출산으로 영원히 학계를 떠나는 경우도 많이 보았다. 자기실현에 대한 소망을 버리지 않은 사람이라면, 내 경험으로 짐작컨대 영혼의 한쪽은 갈라져 틈이 나 있을 것이다.

요즘은 사회적으로 경력 단절 여성에 대한 관심이 높다. 그런데 많은 이들은 경력 단절을 단순하게 직업인으로서의 휴직 기간이라고만 생각하는 듯하다. 그렇지 않다. 경력 단절은 여성에게 매우 큰 타격이다. 나는 아이를 키우며 과거 일상의 호흡처럼 해 왔던 일의 세부를 조금씩 잊어 갔고, 공부했던 것을 놓아 버리고 다시 공부하자니 예전보다 수배 이상의 노력을 들여야 했다.

흔히 업력이라고 표현하는 실력과 인맥, 정보로부터의 차단에 직업군으로부터 단절되는 것은 회복되기 어려울 만큼의 큰 타격이었다. 경력 단절 기간 동안 유창하던 언어 구사 능력이나 창의력, 사고력 등은 현저히 저하된다. 세월이 흐를수록 대인관계의 유연성도 떨어지고 사고력도 떨어진다. 이때 제일 중요한 것은 불확실한 미래지만 자신만의 계획을 세워 앞으로의 일정을 가늠하는 것이다.

남성과 다른 점 한 가지는 분명하다. 아이들을 낳고 기를 땐 그 어떤 여성이든 자기를 잃게 되고 취약해진다. 물론 그 시절을 잘 이겨 내면 아이들은 커다란 축복이요 생의 자산으로 돌아오는 것은 두말할 것도 없다.

내 삶에 귀중한 교훈이 있다면, 인간은 각자 스스로 정한 범주 안에서 자신이 갈망했던 것을 성취해야 가치 있는 삶이고 행복을 느낀다는 점이다. 나는 스스로 둥지를 나왔기에 벌판에서 새로운 선을 긋고 뚜벅뚜벅 걸어갈 수 있었다. 항상 나는 만족하지 못하고 갈망하며 경계에 서 있다. 마음이 안온한 둥지에 있으면 그 어떤 새로운 도전도 불가능하다.

언젠가 젊은 시절 읽었던 우리나라 북방의 민담 이야기다. 동네에서 잘 살고 있던 장산곶매가 어느 날 자신의 영역에 새로 침입한 매를 발견하면, 바로 붙는 것이 아니라 대결전을 치르기 위해 제 둥지부터 부리로 쪼아 부순다는 이야기를 들었다. 마음의 후방을 없앤다고 할까? 제 안에 숨겨 둔 힘까지 모두 쏟기 위한 처방이라고 보아야 할 것이다. 나 또한 그랬다.

혹여 이 글을 읽는 독자 중 지금 경력 단절 기간에 놓여 있어 인생의 엇갈림을 느끼고 있다면 천천히 마음을 다잡아 한 걸음 한 걸음 묵묵히 걸어 보라고 권하고 싶다. 나는 너무 바쁜 날과 특정 시즌엔 늘 선약과 일의 중요성, 그 우선순위를 선별해 번호를 부여한 체크리스트를 만든다. 일을 마치면 동그라미를 치고 또 다른 표시를 한다.

마음이 급해 정신이 산만할 때마다 자신에게 차분하게 말하곤 한다. “천천히, 천천히 하자.”

엄마는 처음이라지만

신(神)이 인간에게 "인생은 뜻대로 되지 않는다."는 교훈을 주기 위해 던져 주신 세 가지 선물이 있단다. 하나는 자식교육이고, 두 번째는 배우자, 세 번째는 술 한 잔 걸친 관광버스 기사님이란다. 웃으라고 하는 말이지만, 현실도 그렇다.

나는 이 중 자녀교육에 대해 뼈아픈 교훈을 얻었다. 부모 욕심이 때론 자녀의 소중한 시기를 망칠 수 있다는 것. 누구나 엄마는 처음이라지만, 나는 어떤 준비 없이 욕심만 앞선 엄마였다.

나의 두 아이는 연년생이다. 아이들을 낳을 때 기술직으로 일하는 워킹맘이었다. 양육에 대한 분명한 철학이 없었기에 많은 시행착오를 겪어야 했다. 당시에는 지금처럼 아이들 위탁할 곳도 넉넉하지 않았다. 유아교육에 대한 개념도 없이 난 으레 한국의 엄마들이 하는 방법을 따라가기 급급했다.

아이들의 유치원 시절부터 난 버벅대기 시작했다. 집이 강동구에 있었지만, 나는 여의도 사무실 부근의 좋은 시범유치원에 보내기 위해 타산도 하지 않고 입학시켰다. 4살짜리 첫애를 데리고 강동에서 여의도로 출퇴근을 했는데 우유를 먹이면 소화를 못 시켜 토하고 머리 아파하며 몇 달을 그렇게 힘겹게 다녔다. 동생은 3살이라 할머니가 돌봐 주셨는데, 누나가 유치원을 가려고 하면 동생은 누나 다리를 붙들고 저도 데려가라며 울었다.

그나마 방법을 모색한 게 3살배기 동생도 유치원을 같이 보내는 것이었다. 날마다 아침이면 애들을 차에 태워 등원하는 우리 집 상황이 상상이나 가겠는가? 다행히 그 시절엔 출퇴근 시간대 자동차가 많지는 않았다. 지금의 마음이라면 그저 아이들이 집에서 잘 놀도록 놓아두었을 텐데. 더는 모두가 힘들어 살던 집을 전세 주고 여의도에 전세를 구했다. 그렇게 1년간 전세를 살다가 옆 아파트를 대출받아서 샀다. 이후 몇 년 동안 잠시 안정이 되었다.

그러나 1995년부터 내게 몸과 마음이 고달팠던 해가 다시 시작되었다. 아이들 아빠의 보증 문제로 집을 팔아야 했다. 사실 집을 왜 팔아야 했는지 나는 지금도 잘 모른다. 피해는 고스란히 아이들에게로 돌아갔다. 두 아이는 4~5학년에 정든 친구들을 떠나 전학을 가야 했고, 전학간 학교에서 다시 안정을 찾기까지는 꽤 오랜 시간이 걸렸다.

주택 한 채도 없는 여의도에 살면서 버스 한 번을 타 본 일이 없던 아이들에게 원치 않는 경험이 시작되었다. 다시 강동의 옛집으로 이사 가서 새로운 학교에서 새 친구를 사귀어야 하는 식이었다. 아이들은 갑자기 바뀐 학교와 주위환경으로 무척이나 힘들었다고 한다.

아이들은 할머니 교육의 영향으로 세상에 대한 인식이 부족했다. 엄마가 필요했으나 나는 출퇴근 거리가 멀다는 이유와 바쁘다는 핑계로 종일 떨어져 아이들과 스킨십이 없었으며 집에 돌아오면 피곤하기가 반복되어 늘 힘이 들었었다. 서로 중요한 동반성장의 기회를 놓친 후에야 이는 또 다른 고통과 후회로 나를 조여 왔다.

살던 아파트가 없어졌는데도 개의치 않고 자격증을 받은 이듬해인 2월, 167세대짜리 아파트 사업승인을 받고 300세대 미만 감리단장을 했다. 이 글을 쓰는 과정에서 생각해 보니 당시 남편이 미리 주고받았던 보증서가 커미션 때문에 그리된 건 아닐까 하는 생각도 든다. 남편은 늘 우리 직업은 수주가 어려워 정당하게 해서는 어렵다고 하였다. 한 사무실에 있어도 말을 하지 않으면 알 수 없는 일이 사람 관계, 특히 영업에 대한 일이었다.

17층짜리 3개 동이었는데 시공사 현장 소장이 초보여서 잘 몰랐던 데다 초기에 공무과장도 없던 터라 현장에서의 하루하루가 버거웠던 시절이었다. 이런 상황에도 아들은 끊임없이 나에게 전화를 걸어 이것저것 물어 왔는데, 평소에는 이런 아들과의 대화가 즐거웠지만 당시에는 전화가 오면 힘들었다.

그날 나는 아들에게 “그런 것쯤은 이제 네가 알아서 해.”라고 말했다. 이 말에 마음을 다쳤는지 그 후로는 반드시 상의해서 결정해야 할 일마저도 마음대로 실행하곤 했다. 이후 중 · 고등학교 내내 지금까지도 아들과의 교감이 어렵다.

워킹맘은 아이들에게 전념하지 못해 늘 미안한 마음을 한편에 지니고 살 것이다. 나 또한 그러했다. 아이들이 크면 큰 대로, 작으면 작은 대로 학교에서 돌아오면 기다려 주어야 한다. 잠시라도 만나서 오순도순 이야기해야 한다.

워킹맘인 나는 아이들이 잘되기를 진정으로 바라며 일을 하지만, 생각을 그대로 전달하지 못하고 교감하는 시간이 적어 아이들과 오해가 쌓이기 일쑤였다. 나는 아이들에게 짧은 말을 뱉고 난 후 후회한 적이 너무나 많았다. 차분히 설명하며 이해시키는 것이 필요했다. 행복은 늘 순간이며 이를 즐기는 데서 오는 것인데, 엄마가 왜 그것도 모르고

이기적이었을까?

나는 파랑새를 좇아 허망한 다른 유토피아를 찾으려 한 것 같다. 지금 이 순간 내 삶에 만족하고 살았다면 행복했을 텐데…. 좋은 재원들인데, 한동안 쓸데없는 욕심에 나는 아이들 교육에 실패했다고 생각했었다. 그때의 내 생각이 틀렸음을 지금은 안다. 이제는 진정으로 감사하며 아이들을 지켜본다. 두 아이가 잘 커 줘서 고맙고, 자랄 때 혼신을 다해 돌보아 주지 못해 진심으로 미안함을 느끼며 살고 있다.

언니들 5명

나는 늘 독립적이며 주체적인 삶을 동경했다. 앞서 사우디아라비아 공사현장을 자원했던 경험을 밝혔지만, 나는 늘 당당한 여성으로 서고자 했다. 이런 생각이 있었기에 나는 사회적 통념을 뛰어넘어 여성으로 도전하고 결국 승리하는 강한 여성을 동경했던 것 같다.

남녀 모두에게 동일한 기회와 조건이 제공된 상황에서의 이야기다. 최근에는 대학이나 같은 직장, 공무원시험에서도 여성의 합격률이 더 높다. 서울시에서 몇 년 전 직원 선발 담당에 참여했던 친구가 들려준 이야기다. 한 자릿

수의 모집정원에 성적순은 거의 여자들이었고 2차까지 합격자 명단에 한 명만이 유일한 남자였다고 한다. 그 친구 말로는 업무에 힘쓰는 일도 있고 해서 남자들이 좀 섞여야 한다며 매우 아쉬워했다.

나라를 위해 일한 훌륭하고 대단한 여성들, 그들은 배웠고 깨어 있었기에 실천할 수 있었다. 사회적인 환경도 넉넉지 못했고 성차별도 유난히 심했던 가부장적 사회에서 배움의 기회조차 얻지 못하고 묵묵히 공장과 들판에서 일해야 했던, 일제강점기 시절 태어나신 어머니 세대들의 희생 위에 발전한 나라가 바로 대한민국이다.

나는 이분들을 존경한다. 그 힘든 시절을 굽이굽이 넘기고 그들은 남편과 아이들을 위해 스스로 통제하며 모든 것을 순응하고 해결해 나갔다는 점에서 참으로 대단하다고 생각하기 때문이다.

나에겐 언니가 없다. 다만 사회에서 언니라고 부르기로 약속한 사람이 다섯 분이나 있다. 이들의 특징이라면 주로 전업주부가 아니라 여성 전문가로 한국의 척박한 풍토에서 홀로서기에 성공했다는 점이다. 나는 늘 그들의 특정한 면모를 좋아했고 장점을 배우려 했다. 나는 이렇듯 일하는 여성을 존경하고, 자신의 꿈을 위해 과감한 선배 여성 선구자의 삶을 존중했다. 이것이 나의 여성관을 드러내는 가장 중요한 특질일 것 같다.

첫 번째 H 언니는 내가 대학 3학년 때 이종 언니가 근무했던 회사 사장님으로부터 소개를 받았다. 두 번째 만났을 때 나와 띠동갑이었던 언니는 내가 자기와 비슷한 점이 많다고 하셨다. 그날 언니가 동생을 하기로 한 후 나는 주말엔 역삼동 언니네 집에 갔고, 4살, 8살배기 조카도 만나며 이후 언니 친구들과 차 모임에도 어울리곤 했다.

언니는 변호사 개업 초기 시간 날 때마다 가끔 분위기 좋은 찻집에서 친구들과 만났다. 나는 언니 친구 몇 분과 인사했고, 그중 남산의 '한국의집' 부근에 사는 친구 집에도 따라갔다. 그분은 교장인 아버지를 둔 유명 의상 디자이너였다. 광활한 집 정원에는 공작새도 있고 침실이 50평이나 되며 대지는 650평으로 넓은 곳이었다. 성공한 여성을 두 눈으로 확인한 것은 그날이 처음이었다. 그러나 겉으론 화려하고 멋져 보였던 언니들은 모두 너무 외로워 보였다.

그 뒤로 쭉 H 언니는 국회의원, 장관, 변호사로서 언니의 길을 걸었고 나 또한 초보 건축기사로 업무 적응에 정신이 팔려 있었다. 어느 날인가 언니가 생각나서 사무실에 스케줄을 확인하여 언니가 강의하는 교실 뒷문으로 들어가 수업이 끝나기를 기다렸다. 강의가 끝나고 복도로 뛰어나가 언니를 불렀더니 첫마디가 뒷문으로 들어온 나를 학부형인 줄 알았단다.

그로부터 한참 후 다시 만났을 땐 언니는 외식은 아예 금기사항이었을 때였다. 5년 전에 구기동 언니 집에 갔더니 지금은 아무것도 하지 않는다며, 미국에서 목회 활동을 하는 작은아들 집에 몇 개월씩 다녀온다고 했다. 언니가 중책을 맡았을 땐 혹여 부담될까 가지 않았었는데 그 세월의 공백이 너무 길었다.

두 번째 K 언니는 내가 지하철 공사 근무 시절 서울시청 기술직 공무원이었다. 그때 3 · 4호선 공사 기간 때문에 서울시 공무원 101명이 서울 메트로로 파견을 나왔다. 언니 집과 우리 집은 가까워서 나는 가끔 언니 차에 동승하여 출근하곤 했다. 언니는 서울시에서는 처음으로 기술직 여성 국장이 되었고 건축사이다.

그런 언니에게 나는 딱 한 번 실수한 적이 있다. 공모전 참여자들의 로비가 하늘을 찌를 때였는데 심사위원장이 언니 동창이라는 걸 알게 되었다. 고민 끝에 작품 설명을 할 수 있게 부탁하러 자양동 아파트에 찾아갔다. 사실상 이때만 해도 기존 업체들은 사진 한 장 보내면 그 회사의 작품을 인지하던 때였다. 그때 언니에게 곤란하다는 대답을 들은 후 일부러 전화는 하지 않았다. 이후 언니는 아들 결혼식에 찾아와 주었다. 여성건축가회 공지를 보고 오셨다고 했다.

세 번째 J 언니는 부부 박사로서 1990년대 초에 만났던 분들로서 책을 쓰고 강의를 하고 계신다.

네 번째 A 언니는 S 대 법학과 출신으로 고시 패스가 늦어지자 9급 공무원으로 들어가 행정직으로 33년을 근무하고 1급 공무원으로 나오신 분이다. 26일짜리 비례대표 국회의원도 지냈고 DJ 정부의 청와대 비서실에서 근무했고 중앙당 여성위원장을 지냈다.

2000년 나도 부위원장이라는 직함을 가졌을 적에 언니를 잘 도왔어야 했다. 정치를 시작할 수 있는 기회였다. 그러나 할 일이 많은 나는 몇 가지 이유로 언니를 돕지 못했다. 건축에서 해 보고 싶은 작품을 아직 시도도 못 해 보았고, 정치는 돈이 많이 필요하다는데 돈도 없었으며, 당원과 국민 전체가 대상이 아닌 '여성'이라는 영역 속에서 정치를 시작하기가 영 마음이 내키지 않았던 것이다.

언니는 주한아랍대사관에서 근무하는 막내아들의 요청을 받았다고 했다. 아들의 아랍인 상사가 제 아들을 인턴으로 취업시킬 수 있는 한국 건축사사무소를 알아봐 달라고 부탁한 것이다. 언니는 나에게 급여는 신경 쓰지 않아도 된다며 부탁했지만 나는 고심 끝에 어렵다고 말했다.

무엇보다 내 사무실이 무척 큰 기업 수준이었다면 받아들였겠지만 영세한 사무소였기에 그에게 별 도움이 되지 않을 것 같았다. 또 아랍인인 그가 내 사무실에서 일하며 목격하게 될 한국 건축계의 민낯이 부끄러웠다. 그가 아랍으로 돌아가 한국의 건축 문화에 대해 뭐라고 이야기할지 장담할 수 없었기 때문이다. 그리고 언어 또한 문제였다.

이후 어디서 인턴을 했는지 확인하지 않았지만 아랍의 건축과 학생은 세계적으로 몇 개월씩 건축사사무소를 순회하여 장단점을 취합하는 것이 방학 기간의 숙제라고 하였다. 언니는 여성이 여성을 가장 조심하여 응대해야 한다고 일러 주셨다.

다섯 번째 J 언니는 2003년 개발제한지역에 2개 동 건축물을 설계하며 건축주로 만났다. 언니는 부드럽고 온화한 전형적인 한국의 여성상이었다. 정반대 지역으로 출근하는 나는 시간이 없어 언니와 잘 만나지 못하고 있지만, 언니의 부드러운 성품은 참으로 닮고 싶다. 나는 나의 첫째 언니와 다섯 번째 언니를 섞어서 장점만 닮았으면 참 좋겠다.

그리운 어머니

멀리 가신 지 벌써 2년이 넘었네요.
엄마 등에서 퍼지는 고동 소리에
스르르 잠들었을 아주 아기 때의
기억은 이젠 없어요.

6살에 절 학교에 보내고
급우들과 나이 차이가 많아
날마다 걱정하셨다죠?
공부보다는 싸우지 않게.
체육 시간에 다치지 않게.

애가 닳아 그렇게 자주 말씀하셔도
난 꼭 풀어놓은 망아지 같았지요.
너도 꼭 너 같은 애 낳으라고 하시던
어머니.

엄마가 되어 엄마를 생각해요.
여자의 근심도 대물림되나 봐요.
저도 때론 힘들어요.
한 아이가 속을 태워
마음엔 까만 그을음으로 가득해요.

어머닌 의과대학만 대학으로 생각하셨죠.
여자가 뭔 건축과냐고 하셨어요.
해 보니 아주 오래 걸리는 일이에요.
그래도 의미 있고 재미는 있는 일을 하고 있어요.
엄마!

가시는 날.
혹시 내가 청개구리처럼 너무 말을 안 들어
반대로 부탁했던 건 아니죠?

그랬다면 어떡하지!
생전에 부탁하신 대로 잘했는데….

영구차 배웅하던 날
여태껏 배운 대로 하던 대로
잘하겠다고 약속한 것!
지킬게요.

그리운 어머니.
세상의 빛을 나에게 선물로 내어 주시고
전생을 바쳐 사랑해 주신 그 은혜 잊지 않겠습니다.
감사합니다.

나 살던 고향은

4살부터 나는 학교 간다고 마당을 나서며 엄마를 보챘다고 한다. 엄마는 하는 수 없이 6살에 입학을 시키고 애지중지 다칠까 봐 손수 보디가드를 하셨다. 그때만 해도 취학 아동 연령의 구분이 없었을 때였다.

급우들과 아주 많은 차이가 났다. 나이 차이, 지역 차이가 났으며 특히 쌍촌에서 오는 아이들 중에는 나이가 9살이나 더 많고 한 시간을 넘게 걸어서 우리 논을 지나 학교에 오는 친구들도 있었다. 그 당시 기억나는 건 논에 모를 심거나 탈곡을 하거나 일하는 날은 어머니께서 음식의 여유분을 많이 준비하셨다는 것이다. 어머니는 주위 사람들과 나누어 먹기도 했지만, 쌍촌에서 학교 다니는 우리 반 친구들 그룹이 얼마나 지나갈지 몰라 더 많은 음식을 준비하셨다고 했다. 집안에 일이 있는 날은 학교에 오지 않는 친구도 있었으니까.

나는 상당히 닫힌 재래식 교육을 받았다. 하고 싶은 것은 많은데 할 수 있는 것은 한정적이었다. 학교가 끝나면 바로 귀가해야 했고 길거리에서 동네 친구들과 삔치기나 고무줄놀이도 하지 못했다. 대문 밖으로 나가는 것이 힘들었다.

6살부터 과외만 보내지 않았더라면 학교 공부에 흥미를 느꼈을지도 모른다. 8살에 반장이 됐는데 반 아이들은 몸집이 크고 나이가 많아 나의 통솔은 거의 먹히지 않았던 것으로 기억난다. 이후 공부는 재미없고 그렇다고 맘껏 놀지도 못하는, 어정쩡한 유년기를 보냈다.

광주여상은 전기에 떨어지면 가는 후기 학교인데 그때 기부금을 내면 전기 학교에도 갈 수 있었다. 우연히 부모님

말씀을 듣고 알게 되었으나 나는 전기 학교로는 가지 않는다고 못 박아 두고 그냥 여상을 다녔다. 여상은 내 마음에 들지 않아 공부도 하지 않고 주산 · 부기는 기본만 하였다.

여상 시절 교장선생님은 아버지 친구의 형님이셨다. 어린 시절의 영향으로 체육 시간에 나가서 햇빛만 보면 알레르기 반응으로 머리가 아파 선생님이 나오지 말라고 한 것이 나중엔 당연시되었다. 교장실 근로 장학생이었던 은옥 언니가 친구 선옥이 언니였는데, 나는 교장실에서 가끔 놀았다. 쓰러진 걸 알고 계시던 K 교장선생님은 만나면 "체육 시간이냐?" 물으셨다.

대학에 갈 때가 되었는데 여상 졸업 후 의대를 간다? 나는 공부도 안 했고 주산 · 부기는 겨우 기본만 했기에 무조건 서울로 와서 재수를 했다. 6살의 덕을 보게 된 셈이다. 서울에서 잘나가는 일류 학원에 입학했는데 뒤에서 바닥을 치던 나는 자그마치 3개월 만에 치른 첫 시험에서 극복하고 이후엔 선두를 달렸다. 그러나 긴장을 놓자 성적이 오르락내리락했고 결국 후기대학 건축과에 가기로 마음먹었다.

아버지는 건설회사 이사 시절 주로 시골 초등학교를 많이 시공하셨다. 그때 나는 지프차 타는 재미로 수차 학교에 따라가서 도마, 목침 뭐든지 만들어 줘야 차를 타고 집에 오던 시절이라, "공주 왔구먼. 이번에는 뭐 만들어 줄까?" 하던 때였다. 바쁜데 자꾸 뭘 만들어 달라면 귀찮았을 것 같다. 그때 우리 집 마루 밑에는 내가 만들어 온 목공품들이 수북하였다. 옛날에는 목수 아저씨라 그랬는데 지금 생각해 보니 거푸집 공사 협력업체 사장이셨고, 아버지가 현장에 가셨던 이유는 공사대금과 공정을 확인하러 가신 것 같다.

피터팬 부모

얼마 전 뉴스에 보도된 청소년 부부의 이야기다. 어린아이를 굶기고 두 사람 모두 수일간 외출을 하여 아이를 죽도록 방치했다. 아이의 탄생에는 생명에 대한 책임과 훈육의 의무가 따른다는 것을, 이들은 다만 거추장스러운 짐으로만 생각했으리라. 이런 일들이 과거에도 있었지만 정보통신기술의 발달로 최근에 더 많이 알려지는 것인지, 아니면 최근에 이런 아동 유기가 더 늘어나고 있는지 모르겠지만 답답하기만 하다.

어른이 되어서도 여전히 타인에 의존적이며, 스트레스를

감당하지 못해 모든 책임을 회피하는 증후군을 '피터팬 콤플렉스(Peter pan complex)'라고 한다. 피터팬이 네버랜드에서 영원히 성장하지 않은 아이로 살았다는 동화에서 따온 말이다. 성인이 되어서도 부모님의 집에 살며 취업도, 결혼도 생각하지 않고 방에 틀어박혀 게임을 하며 시간을 보내는 청년들을 피터팬 증후군이라고 하는 전문가들도 있다.

이성을 사랑해서 아이를 갖지만, 현실의 양육은 끔찍하게 여겨 훈육을 포기한 부모를 나는 피터팬 부모라고 생각한다. 어떤 이들은 이 피터팬 증후군을 현대 산업사회와 가족관계의 분절이 가져온 필연적 현상이라고도 진단한다.

산업화 이전 세대는 고향에서 부모가 일하는 모습을 직접 보고 성년이 되면서 함께 땀 흘리며 노동과 소비에 대해 배운다. 정보가 발달하지 않은 농경 시대 동네의 어른은 누구보다 많이 자연의 때를 알고 경작의 비밀을 간직했기에 존중받았고, 어른이 된다는 것은 간단한 지식이 아니라 삶의 지혜와 사회적 존경을 얻는다는 것을 뜻했다.

지금 아이들은 19살이 되도록 교실과 학원에서 보내야 하며, 졸업장을 따고 나온 사회는 자신이 생각했던 것보다 훨씬 혹독하다. 사고의 근육, 생활의 체험이 준비되지 않은 것이다.

윗세대의 어머니들은 거의 모든 것을 스스로 해결해야 했다. 하지만 지금의 현대 여성들은 물질에 대한 욕망과 자기실현 욕구가 대단히 강하다. 전 사회적으로 지속 가능한 사회를 이야기하고 있는 지금, 모든 것의 기본은 사람이다. 사회가 물질만능시대가 된 후 경제적 가치와 외형만이 사람을 판단하는 잣대로 변질되고 있다.

나는 지난번 TV를 보고 눈물이 저절로 흐르는 경험을 했다. 스웨덴 부부가 여자 2명, 남자 1명을 한국에서 입양해 키우고 있었다. 여자아이 두 명 모두 아이 때 사진을 보니 언청이(구순구개열)였다. 이 아이들을 수술하여 예쁘게 길러 주었다. 그뿐만 아니라 두 아이의 나라는 한국이니 한국을 알아야 한다며 주기적으로 성장한 아이들과 같이 한국의 광장시장까지 나들이하고 있었다. 그 부부에게 고맙고 미안한 마음마저 들 정도로 감동적이었다.

한 집안의 어머니가 바로 서야 이 사회가 지속 가능하다. 옛날에 어른을 모시고 살았던 세대에는 자기 생각을 추스르고 목소리도 낮추며 눈치를 살피었다고 한다. 그만큼 물질보다 마음으로 어른을 예우했다는 증표이다. 나는 내 아이들이 존경까지는 아니더라도 진심으로 아껴 주는 어머니가 되기를 희망하며 살고 있다.

어미가 자식에게 주는 사랑을 흔히 내리사랑이라고 한다. 내려가지만 다시 올라올 기약이 없고, 또 바라지도 않는 어미의 일방적인 마음이 내리사랑이다. 부모의 사랑을 뼈저리게 느끼는 시점은 결혼을 하고 아이를 낳아 부모의 처지가 되면서부터인 것 같다. 어릴 적엔 모르거나 틈이 커서 보이지 않던 것이 하나 둘 보인다. 우리는 그렇게 인생을 배워왔다.

물론 모계를 중심으로 전수되는 우리 사회의 '엄마 역할론'에 대해선 토론거리가 많다. 하버드대 동양철학부 김반아 박사는 한국인의 정(情)문화와 한국의 엄마와 딸 사이의 미묘한 긴장관계를 분석한 책을 내기도 했다. 전쟁을 겪은 한국의 어머니들이 감내해온 희생과 봉사, 인내

와 나눔의 미덕을 지금의 딸들은 단호히 거부하고 있다는 것이다. 그리고 "좀 참고 살아라"라고 말하는 엄마에 대해 딸들은 강한 거부감을 보인다는 것이다. 즉, "엄마가 겪은 것을 왜 나에게까지 물려주려 할까?" 라는 합리적 반발이 그 출발점이라는 것이다.

나는 여성이 자기 인생의 주인으로, 사회와 가정에서도 당당한 주인으로 서야 한다고 믿는다. 제 삶을 바꾸고 세상에도 선한 영향력을 행하는 그 중심에 여성이 있었으면 한다. 나는 최고의 엄마는 아니었지만 매일 꾸준히 땀 흘리며 식구들과 손잡았던 평범한 엄마의 모습을 있는 그대로 봐주었으면 한다. 직업을 얻고 결혼하고 아이를 키우는 과정에서 지금까지의 가정생활이 든든한 마음의 토대로 쌓여있기를 바라는 것이다.

2

숨결을 닮은 건축

사람의 손을 보면 직업을 알 수 있고

나무의 나이테를 보면 가뭄과 홍수,

화마의 세월까지 읽을 수 있다.

진주 알갱이를 보면 조개가 삼켰던 고통과

눈물의 방울까지 보인다고 한다.

건축물 또한 그렇다.

돈 냄새가 나거나 꽃 냄새가 나거나

모두 집주인의 숨결, 그 마음을 닮는다.

좋은 건축사의 자질

'박이정(博而精)'이라는 말이 있다. 두루 넓게 알지만, 속속들이 내용에도 정통한 사람을 뜻한다. 누군가에게 직업은 자식을 먹여 살리고 부모를 봉양하는 숭고한 밥벌이이기도 하고, 또 누군가에겐 넘어야 할 산이 산적한 창조의 영역이기도 하다. 자신의 직업이 좋은 가치를 남기고 있고, 이로 인해 밥벌이까지 할 수 있다면 더할 나위 없이 좋다.

건축의 영역 또한 이와 같다. 건축을 새로운 가치를 창조하는 업으로 여기는 사람은 박이정(博而精)을 추구하고, 숙

달된 기능인으로 접근하는 일은 생활의 달인과 같이 한 분야에 정통하게 된다. 세상의 많은 직업 중 건축가와 같이 두루 많은 전문성을 요구하는 일도 드물 것이다.

건축학과를 졸업하면 비교적 많은 분야의 일을 할 수 있다. 자기만의 것을 찾기 위하여 투자하는 시간만큼 자기 철학이 되고 디자인에 대한 고집이 되어 자기 역량이 된다. 매너리즘이야말로 자기 발전의 발목을 잡는 독소다. 멀리 보고 오래 걸어야 한다. 건축을 체득하는 데는 절대적인 시간이 필요하다. 스승을 잘 만나야 하며 새로운 것을 배우려는 학습 태도를 일생 동안 견지해야 한다.

건축사는 국가 전문자격자이며 국가 공인건축가이다. 건축사는 건축가일 수 있으나, 건축가라고 모두 건축사일 순 없다. 건축사가 하는 주된 일은 기획, 설계, 감리 등이며 그 외에도 알아야 할 영역들이 많이 있다. 이에 정통하면 협력업체와 일을 할 때 빠른 의사결정을 할 수 있으며 건축의 초기 의도를 흔들림 없이 실현할 수 있다. 미미한 변경만 하게 되므로 건축가의 본뜻이 그대로 재현된다.

이와 연관된 과목들은 도시계획, 조경, 구조, 기계, 전기, 소방, BF, 에너지, 조명, 경관, 친환경 등이다. 이것들은 학교에서 배워서는 습득되지 않고 제대로 알 수도 없다. 현장에서 일하면서 터득하고 필요에 의한 공부를 하여 체득하게 된다.

건축사와 협업관계도

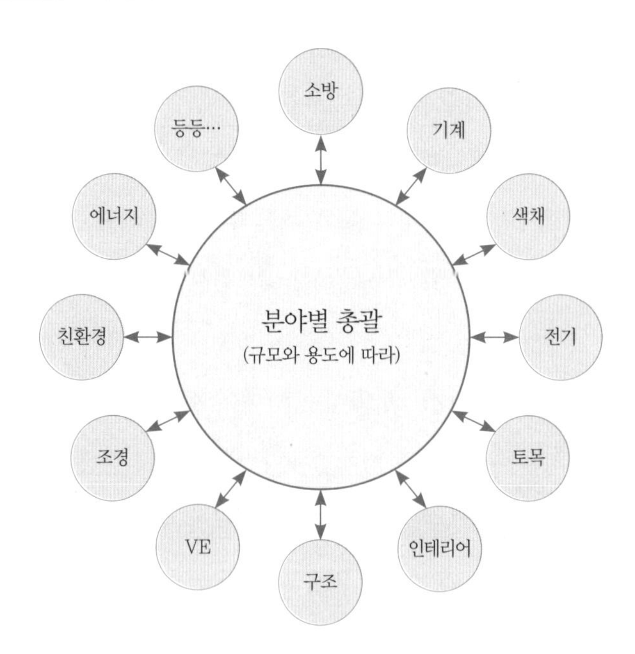

내가 공부하던 시절엔 다행히 하나의 영역을 공부하다 자연스레 연관 분야에 눈을 뜨는 방식으로 건축을 배울 수 있었다. 배우는 흐름은 더뎠지만, 전체를 보는 눈이 트이기 시작했다. 건축과 건축디자인은 그 본질에 의해 규정되며 종합적인 눈은 필수다.

결국 건축설계는 위에서 언급한 다양한 요소를 융합하고 여러 협력사와 협업을 하여 도출한 결과물이라 할 수 있다. 협력사마다 해당 전문 분야의 경험치도 차등화되어 있기 때문에 규모와 용도에 따라 잘 선택하여야 한다.

건축물에 대한 허가는 지자체에서 허가할 때 일정한 조건을 붙여 통보하기 마련이다. 지자체가 가이드라인을 미리 공지한 곳은 계획 설계부터 반영되어 시행착오가 적다. 특히 BF인증[1]은 장애우의 시설물 이용을 배려하는 계획 기법으로 건축 허가 후 예비 인증, 본 인증의 단계를 거친다.

---

1 장애물 없는 생활환경 인증제도. 매개시설, 내부시설, 위생시설, 안내시설, 기타시설, 기타설비 등에 대해 심사한다.

BF는 턱이 없는 평평한, 또는 경사도가 낮은 바닥에서부터 시작되는데 이는 꼭 장애우가 아니더라도 안전과 편리함의 장점이 있으므로 이를 지향하는 것이 좋다. 시점이 다른 인증제를 거치는 것보다는 건축물 용도별로 지침을 설정하여 초기 계획부터 지침으로 반영하면 공기도 단축되고 설계상 시행착오도 줄일 수 있다. 설계자의 의도가 현실에서도 제대로 구현되는 것이 좋은 건축의 요건 중 하나다.

건축사는 해당 대지조건의 적법성을 바탕으로 형태를 구상해 설계도면, 구조계산서, 시방서를 통하여 건축물의 구축 과정을 표현한다. 이 결과물은 국토교통부가 제공하는 건축행정시스템 '세움터'를 통해 건축허가 또는 사업승인을 받는다. 건축물 시공이 끝난 후 사용승인을 받을 때도 위와 같다.

건축사로 내가 하는 일들

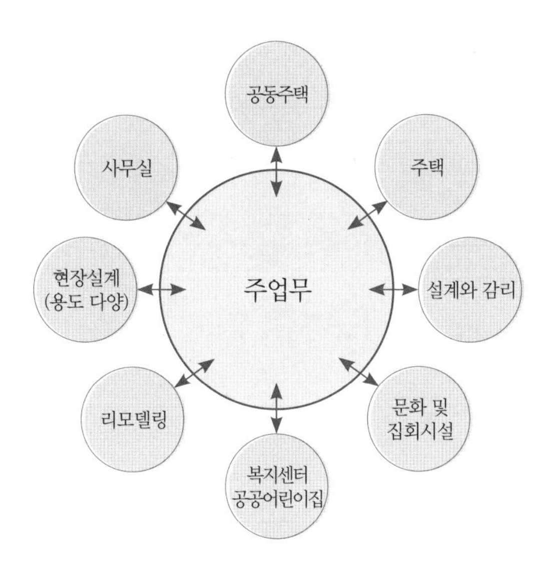

공동주택
사무실
주택
현장실계
(용도 다양)
주업무
설계와 감리
리모델링
문화 및
집회시설
복지센터
공공어린이집

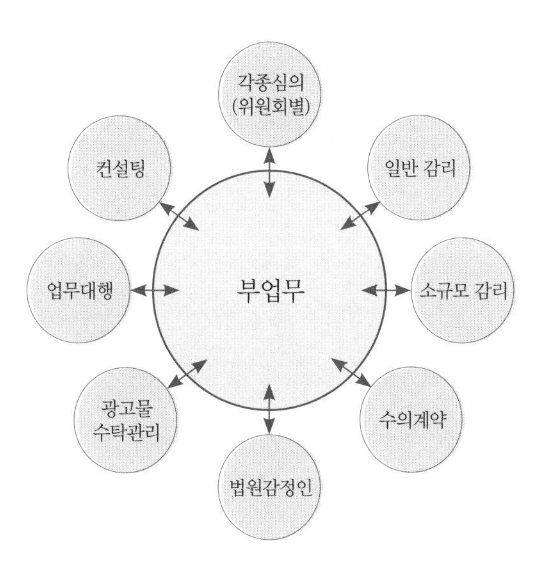

각종심의
(위원회별)
컨설팅
일반 감리
업무대행
부업무
소규모 감리
광고물
수탁관리
수의계약
법원감정인

건축, 사람을 품다

수십 년간 아파트 불패의 신화를 이어 가는 한국의 건축 문화를 보고 자괴감이 든 적이 많다. 어떤 인문학자가 한국의 온돌식 아파트야말로 세기적 발명품이자 한국인의 독창성을 시위한 문화재급 건축이라고 주장하자 한 기업에선 그 교수에게 강연을 청했고, 반대로 많은 건축 전문가들은 그의 대책 없는 주장에 일고의 가치도 없다며 고개를 저었다는 후문이 있다.

분명 구들과 고래를 원형으로 발전해 온 온돌 문화가 세계에 없는 한국인만의 독창적 주거 문화임에는 틀림없다.

한국식 온돌아파트 역시 유일하다. 다만 획일적인 아파트 주거 문화가 전국을 지배하고 있는 건 다른 관점으로 접근해야 한다.

한국의 건축 디자인 문화는 작은 땅덩어리, 토지와 주택을 재산 증식의 수단으로 활용해 왔던 부동산 투기가 낳은 것이다. 고층 아파트는 미국과 유럽에선 빈민 주택으로 인식되는 반면, 한국에선 한강에 현대 건설이 아파트를 지을 때부터 신분의 징표이며 부의 표출로 여겨졌다. 살기 위한 집이라는 개념이 사라지고, 팔기 위한 아파트만 남은 터전 위에 독창적이거나 아름다운 건축디자인에 대한 요구가 생길 수 없다.

나의 건축 철학은 목적에 맞는 사람을 품는 건축이다. 모든 건축물은 독립적이지 않고 주변의 환경과 연관되어 있다. 새로운 건축물 하나로 주변을 모두 살릴 수도 있고, 반대로 둘 다 죽일 수도 있다. 저 홀로 아무리 아름다운 건축물이라 해도 주변 경관이나 주변 건물과 어울리지 않는다면 이질감만 줄 뿐이며, 건축물 용도에 맞는 사람을 위한 건축으로 탄생시키지 않으면 불편함을 초래할 뿐이다.

나는 선사 시대부터 이어져 온 거주지에 대한 인류의 DNA를 지키고자 한다. 현대 건축이 아무리 새로운 원칙과 휘황한 디자인을 내밀어도 결국 현대라는 시간은 인간이 집에 대한 본원적 요구를 유전자에 새겨 왔던 300만 년이라는 시간에 비교하면 티끌에 불과하기 때문이다. 빈부의 격차, 문화권의 차이는 있지만 놀랍게도 지금도 인간의 거주지는 차이점보다는 공통점이 더 많다. 시대와 문화의 배경만 다를 뿐, 인간이 지향하는 바는 똑같기 때문이다.

집은 인간을 품어야 하고, 인간은 집에 들어가는 순간 모든 것을 내려놓는 자유로움과 정서적 안정감을 느낄 수 있어야 한다. 또한 외부인의 출입은 확인할 수 있되, 외부인과 전혀 접촉하지 않을 수 있는 공간이 있어야 한다. 집은 나만의 동굴이어야 하니까…. 나에게 집이란 온전히 사람을 품는 공간이다. 이런 표현은 요즘 말하는 '셉티드'이다. 우리 집은 다행히 신축한 지 35년이 되어 가건만 거의 이 표현과 어우러진다. 거실에서는 도로 위의 상황들을 읽을 수 있다.

물론 공공건축물은 공공서비스를 위해 다르게 지어야 한다. 처음 기획할 때부터 건축물의 어느 정도를 지역민에게 개방할 것인지를 결정해야 한다. 나는 공공건축물이라면 주간과 야간의 영역이 달리 적용되어야 한다고 본다.

낮에는 공무원이 일하는 공간과 대민접촉 공간, 주민이 민원이나 프로그램을 이용하는 공간이라는 목적에 걸맞게 계획되어야 하고, 밤에는 주민의 쉼터, 회합, 도서관 역할도 할 수 있는 융통성 있는 공간계획을 선호한다. 굳이 이를 축약하자면 '양향성 관계를 결속하는 건축물'이라 할 수 있다. 주민센터의 건립 목적이 민원처리였던 시절은 이미 오래전의 일이다. 공적인 장소는 만남, 쉼, 사랑방의 공간이어야 한다.

다음 쪽의 사진과 도면은 2015년 내가 작업했던 작품이다. 나는 주민센터가 공무원의 업무처리와 방문인의 민원만을 해결하기 위한 공간이 아니라 주변의 경관에 자연스레 얹힌 듯하며 시민들의 자연스러운 이동과 쉼이 교차하는 공간으로 구상했다. 이러한 구상은 점차 세계적인 흐름으로 정착하고 있는 듯하다. 세계 유수의 신규공항은 물론 공공을 위한 복합건물에서 가장 역점을 두고 있는 것이 바로 '흐름'과 '쉼'을 어떻게 어우러지게 하냐는 것이다.

WAVE

시, 공간없이
이야기가 흐른다
그리고 서로 어우러지다.

2015. 주민자치센터

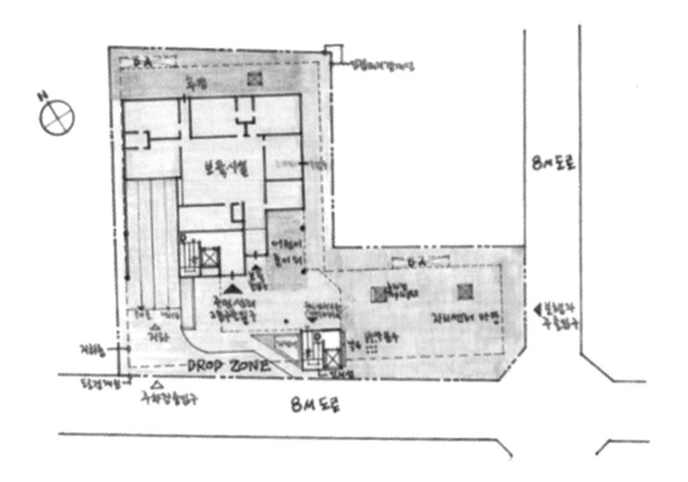

2015. 주민자치센터 1층 평면도

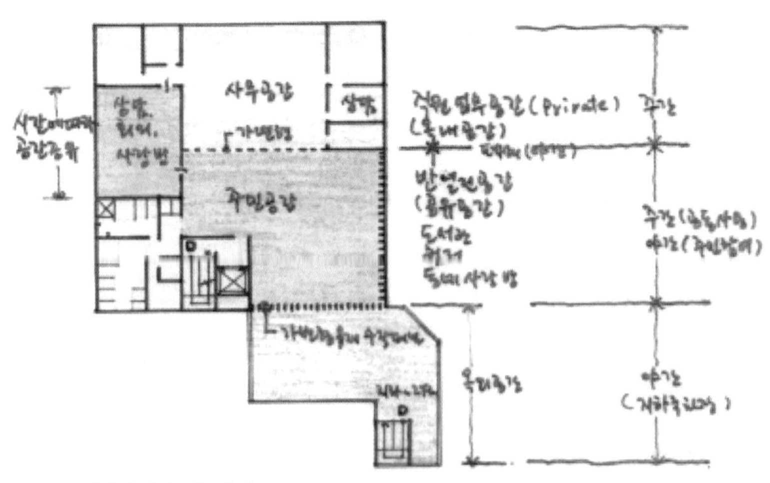

2015. 주민자치센터 2층 평면도

나의 디자인 철학은 위엄보다는 누구나 쉬운 접근, 불편함보다는 편리성, 한 가지 목적보다는 다용도의 복합공간으로 한눈에 바로 읽히는 바탕을 두고 특별한 것은 특별하게 세밀한 공간을 만드는 것이다. 직관이나 느낌, 형상이 떠오르지만 프로세스를 거치는 동안 때론 내가 생각하는 바와는 전혀 다른 산물로 잉태되어 버릴 때가 많다. 늘 또 다른 새로운 시작으로 결여된 만족을 채울 때까지 반복할 것을 다짐한다.

건축가의 철학에 따라 건축물의 컨셉과 성격이 규정되기도 한다. 즉 해당건물의 용도가 1차원적 성격이라면, 해당 건물과 주변 지역, 그리고 사용자와 일반 시민, 방문자의 시선을 모두 얹어 재규정하는 것이야 말로 건축의 본질적 의미라고 할 수 있다. 나는 디자인을 위해 편리함을 포기하거나 장엄한 건축미를 구가하기 위해 주변 경관을 압도하고 홀로 서있는 건축은 하지 않으려 한다. 나의 건축은 실용과 편함, 만남과 어우러짐이 함께 했으면 한다. 그렇게 세월이 지나도 정겹고 늘 그 자리가 안성맞춤인 것 같은 건축을 지향한다.

流 in ONE 류인원
문화와 인간이 한 몸이 된 일체의 경지
우리는 하나되어 흐른다.
건물에 건물이 감싸는 부드러운 외피안으로 …

◀ 2010. 미디어센터
반옥외공간(주 출입전 역할)
비 올 때(보행자 쉘터)
약속장소(간단 미팅)
짧은 의견 교환
프로그램 등

한국인의 시선

해외에서 공부하는 한국 학생들이 현지에서 느끼는 당혹감은 대체로 이렇다. 우선 그곳 학부의 교수들은 건축설계를 이야기하기 이전에 철학을 먼저 논한다. 서양 건축사는 물론이고 시대별 건축양식에 영향을 준 종교와 철학, 건축 공법의 특성을 함께 배운다. 즉, 건축을 통해 철학적 사유를 배우고 철학이 부여한 건축의 숭고함에 대해 배운다.

그 내용보다 훨씬 심각한 문제는 언어다. 일상 소통에서 사용하던 언어로 건축과 철학, 미학에서 다루는 학술 언어를 이해하고 구사하기란 거의 불가능하기 때문이다. 가

우디와 몬드리안, 프랭크 개리를 이해하며 모더니즘과 해체주의를 배우는데, 서양에서 200년 농익은 철학적 사유 방식을 익히는 데 한국의 학생들이 특히 애를 먹는다.

그리고 또 한 가지, 수업 때마다 펼쳐지는 토론 수업. 교재와 필독서를 달달 외워 축약하는 데는 한국 학생들이 단연 선두지만, 단 한 질문. "그래서 너는 어떻게 생각하는데?"라고 묻는 교수의 질문이나 "너는 그 책 저자의 주장에 대해 문제점은 생각하지 않았어?"라는 질문에 꿀 먹은 벙어리가 되고 만다는 것이다. 물론 철학적 사유를 근본으로 성장해 온 유럽의 교육철학과 우리의 입시 위주의 교육관행의 차이이기도 하다.

동양, 특히 한국의 전통사상은 자연이 우주고, 사람은 자연의 일부이다. 한글의 자모 운행이 천 · 지 · 인을 따르는데 이는 꼭 한글만 그런 것이 아니고 모든 전통사상 속에 녹아 있는 전통철학이라고 할 수 있다. 사람은 독립적으로 존재하지 않는다. 사람의 건축물은 산이나 들의 일부다. 그래서 풍수가 발달했고, 집터를 소중히 여겼다. 집을 지을 땐 주변의 산세와 논과 강을 고려해 '어울림'을 먼저 생각했다.

한옥의 처마선을 맞출 땐 안정감을 주기 위해 양끝을 올렸는데, 이 '앙각'과 추녀조차 뒷산과 하늘의 풍광에 어울리게 했다. 대목장이 먼발치에서 전체를 조망하며 집을 보아 작업을 명령했다. 이처럼 한국인에게 집은 애초 자연의 일부였고, 자연의 에너지를 받는 공간이었다. 즉, 자연과 맞서는 견고한 성벽이 아니라 자연 그대로를 받아들이는 곳이다.

조선시대로 들어오며 온돌식 좌식문화가 확고해졌고, 성리학의 영향으로 필요 이상의 큰 집을 가지고 과시하는 것을 천박하게 여겼다. 그럼에도 우리 민족이 포기하지 않은 유산이 있다면 바로 '마당'이다. 풍수에선 양택삼요(陽宅三要)'라고 대문, 안방, 부엌마당을 중요 요소로 보았는데, 마당은 집의 중심이자 비움의 공간이자 나눔의 공간이기도 했다.

서서양이 좁은 창으로 인해 볕을 조금이라도 더 들이기 위해 직사광선까지 마다하지 않았다면, 우린 마당에 백토(마사토)를 깔아 간접광을 방 안에 들였다. 또한 가급적이면 비워두어 원활하게 대류작용이 일어나 여름이면 처마

아래 대청마루에 시원한 바람이 불 수 있도록 하였다. 동양이나 서양이나 경치를 집안으로 들여와 감상하는 '차경'이라는 개념은 동일하게 찾아 볼 수 있다. 하지만 복도가 없고 좌식을 기반으로 하며 각 방마다 마당과 후정을 마주하고 있는 한국전통가옥의 특성상 그 개념을 서양보다 적극적으로 건축물 전반에서 보여주고 있다.

사람의 키와 눈높이에 맞춘 자유로운 창의 개구부와 이용자의 필요에 따라 넓고 깊게 혹은 부분적으로 열고 닫음을 선택 할 수 있게끔 들창[1]과 미닫이문을 겹창으로 구성하여 풍경을 보다 주체적이고 적극적으로 삶에 끌어들였다.

집의 구획도 뚜렷하지 않았다. 번잡한 도성을 제외하곤 마당과 들의 구분이 없는 곳이 많았다. 길에서 조금 떨어진 곳에 집을 지었고 돌덩이 몇 개와 꽃으로 자연스러운 표시만 했을 뿐이다. 창덕궁 후원의 물길은 일제가 인위적으로 조성한 것이라고 짐작이 가지만, 그 이외의 배치는 모두 자연지물 위에 얹은 것뿐이라 어디가 자연이고 어디부

1 바깥쪽으로 밀어 올려 열게 되어 있는 여닫이문

터 인간의 공간인지 구분하지 않았다. 사실 이는 한국인이 지니고 있던 오래된 전통사상이며, 건축 철학이었다.

바람과 기운은 흘러야 하고, 사람이 사는 곳엔 좋은 에너지가 모여야 하는 것, 집을 짓는 목재조차 톱질로 정갈하게 썰지 않고 맞춤한 것을 찾아 꼭 끼워 맞췄다. 울퉁불퉁하고 소박했지만 오래 지나도 질리지 않는 그 편안함과 정감의 미학을 선호했던 것이다.

'나 여기 단단하게 서 있소!'라고 외치는 건물은 우리 정서에 와 닿지 않는다. 자연스럽게 있을 법한 장소에 있어 그 앞엔 사람에게 품을 내주고 오순도순 이야기할 수 있는 그 빈 터(마당)가 우리에겐 편안함과 정감을 준다.

서양에서는 그 시대를 상징하는, 이름만 들어도 알 만한 건축물을 지금까지 잘 보존하고 있다. 1995년에 오스트리아 빈에서 내가 본 200년 된 시내의 점포는 도로 방향에서 건물 정면이 3m 접해 있었고 안쪽으로 긴 건물이었다. 우리 같으면 폭도 작고 그냥 철거하면 될 일인데 그들은 공을 들여 정면 전체 좌우 경계를 잘라 전면 벽에 내부에서 ㅅ자로 철골로 버팀대를 세워 안팎으로 보양을 한 후 나머지만 철거하고 있었다.

옛것을 살리는 그들의 생각은 작다고 생각되는 3m 전면 폭도 소중하게 다룬 것이다. 많은 시간이 걸려도 조심스레 정교하게 시공한다고 하였다. 옛것을 아우르며 예술의 나라답게 문화의식도 뛰어나다는 생각에 부러움을 느꼈다.

건축가에겐 동서양을 넘나들되 옛것 속에 살릴 건 살리며 현시대에 어우러지는 건축물을 창조하기 위한 자기 철학이 필요하다.

2013. 조감도

막사발의 소박함

19세기 말 유럽에선 '자포니즘(Japonism)'이라는 일본식 회화가 한창 유행했다. 청과 조선의 도자기를 강탈했던 일본의 무역회사에선 도자기 포장용지로 값싼 일본 달력을 사용하곤 했다. 그런데 프랑스에서 이 일본 자기를 받아본 사람은 도자기가 아니라 포장용지에 그려진 일본화를 보고 문화적 충격을 받았다. 그 이후 본격적으로 자기, 부채, 판화가 유럽으로 들어갔다는 설이 있다.

모네, 고흐, 보나르 등 19세기 유럽의 천재화가 중 이 자포니즘에 영향을 받지 않은 화가가 없다고 말할 정도다.

평면적 구성에 명확한 색감, 강한 명암 대비를 기꺼이 받아들인 몽마르트의 화가들은 이후 인상파를 넘은 모더니즘에 이 일본풍 그림을 활용하기도 했다.

문화와 관련해 일본과 대비하면 주로 우리가 일본에게 무엇을 전해 주었다는 식으로 이야기를 하고, 중국인은 한국인에게 이와 똑같은 이야기를 한다. 중국, 한국, 일본으로 이어지는 문화의 전승구도에만 집중하면 누가 누구에게 무엇을 전수했네 하는 문화적 긍지는 챙길 수 있을지 몰라도 그 독자성과 상대성을 파악하긴 어렵다.

일본인은 새로운 문물을 받아들이면 더 많은 것을 개선시키고 더욱 정교하게 만들며 하나에 열광적으로 집중하고 그 가업이 200년을 가기도 한다. 어떤 문화인류학자는 일본이 '개선'과 '집중'의 탁월함을 보였다면, 한국은 '혁신'과 '판가리'에 더 뛰어난 능력을 보인다고도 말한다. 그러나 이것도 주장일 뿐이다.

자포니즘이나 루스 베네딕트의 〈국화와 칼〉과 같이 일본 문화와 예술의 정체성을 파고드는 연구는 예전부터 많았다. 다만 한국은 일제강점기와 해방 후의 극심한 대립, 한국전쟁과 독재통치 등으로 우리 자신에 대한 연구가 이제 막 자리를 잡아 가는 중이다. '한국학'이라는 이름이 독자성을 확보한 지도 얼마 되지 않았다.

국문학자 조윤제는 한국인의 특질을 '은근과 끈기'라고 주장하며 한국문학론을 제창했는데, 은근은 한국의 미요, 끈기는 한국의 힘이라는 것이다. 오래된 주장이고 교과서에도 실린 글이기에 우린 그저 우리가 은근과 끈기의 민족이라고 생각한다. 물론 이에 대한 반박도 만만치 않다. 이론에 현실을 선별적으로 꿰맞춘 주장이라는 것이다.

그런데 최근에는 한국인 특유의 미적 관점, 우리 건축미에 대한 연구도 활발하다. 어떤 학자는 '막사발'에 한옥을 비견하고, 또 어떤 학자는 허(虛)의 미학으로 한국 건축을 설명하기도 한다.

근대예술을 우리보다 빨리 받아들인 일본이 당시 조선을 보며 도저히 재현할 수도, 흉내조차 낼 수 없는 것이 있었다. 바로 막사발이다. 교토의 대덕사라는 절엔 일본의 국보 '이도차완(井戸茶碗)'이 모셔져 있다. 일본에선 이도차완이라 부르지만, 조선의 막사발[정호다완(井戸茶碗)]이다.

조선의 막사발을 보고 한 일본학자는 "이런 그릇은 사람이 만든 게 아니라 자연이 조선의 도공 손을 빌려 만든 것이다."라고 말했고, 일본 도공들에겐 신기(神器)라고 불렸고, 많은 이들이 이런 그릇을 한 번이라도 만져 보고 죽으면 소원이 없겠다고 했다. 약간 오버라고 생각할 수도 있지만, 임진왜란이 도자기 전쟁의 성격이 있었다는 것을 아는 사람이라면 당시 일본에 불던 한류가 얼마나 강했는지 짐작할 수 있다.

막사발은 매끈하지도 완벽한 비례의 모습도 없이 그저 평생 도자기를 굽던 장인이 막걸리나 담을까 하고 별 생각 없이 빚은 모양이다. 금이 간 곳도 있고 유약을 발랐지만, 유약이 흐르는 것도 그대로 방치했다. 도자토의 덧붙임도 그대로 노출되어 그 질감을 손바닥으로 온전히 느낄 수 있도록 만들었다.

흥미로운 점은 당시 경남 일대에서 만들어졌다는 이 막사발의 용도를 우리조차 모른다는 것이다. 그럼에도 이 막사발 하나가 방 안에 있다면, 식탁 위에 있는 것 자체만으로 사람은 안정감을 얻는다.

한국인이 좋아하는 건축의 원리도 이와 유사하다. 규격화되어 꽉 물린 상자와 같은 건축은 외양은 그럴듯하지만, 그 집에 들어서는 순간 자신도 모르는 긴장이 생긴다. 흥미로운 점은 몇 년이 지나 해당 건물이 익숙해지면 그 건물이 지루하게 보인다는 것이다.

즉, 처음에 자신을 압도했던 건물의 스케일과 디자인이 세월이 지나면서 더 남루하게 보이고, 더욱 깔끔한 디자인으로 올라가기 시작한 주변 건축물에 비해 더 후져 보이게 되는 역설이랄까? 현대 건축예술의 미학적 세례를 받은 건축물은 대부분 이런 운명에 처해 있다. 그래서 건축은 시대의 유행과 조류에 편승만 해서는 안 된다. 따라가는 건축이 아니라 느끼는 건축이어야 한다.

서원이나 지금도 보존되어 있는 옛 한옥의 대청에 누워 천장을 보면, 지붕을 지탱하고 있는 도리나 서까래가 보인다. 대부분은 원목의 울퉁불퉁한 형태를 유지하고 있고 어떤 것은 휘어져 있다. 들보 또한 이런 경우가 많다. 물론 공을 들여 반듯하게 깎을 수도 있고 들보 또한 대패로 매끈하게 만들 수 있지만 그리하지 않았다. 매끈한 목조는 궁궐과 같은 권위건축에만 사용했다.

보면 볼수록 정감이 가고, 비례를 무시한 것 같은, 그러면서도 어우러지는 배치를 한참 들여다보면 다양한 상상이 펼쳐지기도 한다. 어떤 한글 학자는 이 서까래와 도리의 모습을 보고 세종이 한글의 자음과 모음 형태의 영감을 얻었을 것이라 추론하기도 한다. 어떤 특별한 미적 기준이 수립되어 있었던 것이 아니라 우리에겐 그럴 필요가 없었던 것이다.

막사발에서 보이는 촌스러움과 소박함, 한옥 특유의 고유 구법과 비례구성이 바로 자연의 본질, 재료의 특성을 있는 그대로 드러내고자 했던 우리 건축문화의 특질이라는 주장엔 충분히 수긍이 간다.

이 아름다움을 표현할 길이 없었던 일제의 한 미학자는

'아졸미(雅拙美)'라고 규정하기도 했다. 뜻대로라면 우아하고 서툰(소박한) 아름다움이라는 것이다. 우아하지만 조악한 아름다움. 집 안에 정원을 꾸며 물을 흐르게 하고 모래위에 그림까지 그려 넣는 일본의 특성을 감안하면 그렇게 보일 수도 있겠다.

외국인이 한국에 와서 체험하고 싶은 1순위가 바로 한옥숙박이다. 서울의 한옥마을은 물론, 경주와 전주의 설비 좋은 한옥 민박은 두 배 이상의 숙박료를 호가한다. 물론 그 집조차 온전한 한옥은 아니다. 외양을 그리 꾸며 놓은 것일 뿐.

만약 우리가 난리를 겪지 않아 경복궁 앞의 육조거리가 지금까지 보전되었다면, 아마 서울 광화문은 세계적인 명소가 되었을 것이라며 안타까워하는 노학자를 만난 적이 있다. 누런 벼가 끝없이 이어진 논을 지나 시골 마을 한구석의 옛집이야말로 최고의 자연주의 관광명소라며 흥분하던 모습이 눈에 선하다.

외형의 복원이 아니라 우리만의 그것, 아름다움을 보는

눈, 건축을 생각하는 방식이 더욱 넓고 확고하게 자리 잡히길 바란다. 한국인의 예술 감각은 지금도 다방면에서 두각을 드러내고 있다. 한국인의 미적 감각이 세계를 선도할 수도 있다.

업무대행

업무대행건축사는 건축법 제27조 현장조사 · 검사 및 확인업무의 대행 및 서울특별시 건축조례 제19조에 의거하며, 도입 취지는 사용승인을 위한 현장조사, 검사 및 확인업무를 당해 건축물의 설계자 및 감리자가 아닌 제3의 건축사가 대행함으로써 건축주 · 감리자 · 시공자 간 위법묵인 등으로 인한 위법건축물 발생 및 건축 부조리를 사전에 차단하고자 함이다.

1999년을 시작으로 현재 12기이고 주관처는 25개 구를 대표하는 서울특별시다. 자치구와 서울시건축사회가 함께 행정준비를 한다. 업무대행건축사의 업무 범위는 건축물이 완성된 후 도면과 일치 시공 여부를 현장 조사·검사한 후 서류를 작성하여 허가권자에게 제출한다. 허가권자는 이를 바탕으로 가·부를 판단하여 사용승인 결정을 한다.

2019년 업무대행건축사 선정 과정은 과거보다 확실히 발전했다. 들리는 말로는 '블라인드 심사'를 했고 두 번 연속 4년 했던 업무대행 신청자는 제외하였다고 하였다. 보통 한 기수가 2년간 업무대행을 한다. 예전에는 25개 각 자치구 건축과와 각 지역건축사회 회장단들이 사전 협의해서 정족수의 몇 명을 미리 정해 두고 나머지만 선정하였기 때문에 전 기수 건축사들이 대부분이었고 빈자리 인원수 몇 명만 신규로 채우는 정도였으며 또한 이들은 정보가 대단히 빨랐다. 올해 교육받으러 가서 확인해 보니 낯선 얼굴이 대부분이었다. 업무대행자의 의무와 책임은 공무원과 동일하며 객관성과 공정성을 생명으로 일해야 한다.

나는 2000년 10월 2기에 선발되었다. 그때 여성 건축사는 전체 자격자의 약 2% 이하로 거의 없었다. 지금의 여성건축사는 약 8%가 넘는다. 서울시청에 민원이 들어오면 감사과에서 나를 불러 민원 현장에 동행했다. G 자치구에 갔을 때, 5층으로 허가 난 건축물이 실제로는 6층인 것을 보았다. 상식적으로 이해하기 어려운 현실이었다.

가장 힘든 순간은 현장조사 후 의견서를 쓰는 시간이었다. 당시에는 이런 건이 여러 개였다. 같은 동종업의 기술직인데 문제가 되는 건을 내가 본 그대로 작성하는 것은 늘 부담이었다. 중간에 사퇴하려고 했으나 받아 주지 않아 2기는 임기 끝까지 갔고 여러모로 힘들어서 3기부터 7기까지는 신청조차 하지 않았다.

2년 전 11기 업무대행건축사를 선발할 때 나는 탈락했다. 나는 3번의 교육 중 한 번만 받았는데, 교육 3회 중 2회 이상의 교육을 이수하지 않은 사람은 제외되었다고 했다. 그러나 이런 적격 여부와 관련해 협회에선 사전 공지를 하지 않았다.

이건 분명 공지 의무의 해태요 절차상의 하자였다. 미리 공지했더라면 탈락 사유에 대해 누구라도 불만이 없을 것이 분명했다. 나중에 들어 보니 탈락 사유를 확인하러 간 사람들이 많았다. 나 또한 질의하러 갈 뻔했다. 가려고 확인해 보니 지인이었다.

올해 7월부터 업무대행 처리절차가 더 늘었다. 일처리 순서는 협회에서 보낸 문자를 받고 구청에 가서 허가권자에게 사용승인용 도면을 받아 현장을 확인한 후 다시 구청에 가서 검사보고서를 작성해 제출한 후 사무실에 돌아와 협회 URL 주소로 들어가서 협회에 제출하고 세금계산서까지 직접 발행하는 공정이다. 맡은 일은 사용승인도면으로 현장을 잘 확인해 보고하는 것인데 불필요한 공정이 많은 것 같다. 지자체에 따라 건축사에게 주는 업무대행비는 25만~30만 원 수준이다.

허가권자에게 두 가지를 제안하고 싶다. 첫째는 업무대행 절차의 문제다. 업무대행자는 허가권자에게 확인된 사용승인용 도면을 받아야 되나 구청에서 직접 출력해 주지 않고 현장안내자(설계자나 감리자)를 통해 도면을 받는 경우가 대부분이다.

대행자가 도면을 받는 방법을 제안한다. 현장안내자가 사용승인용으로 출력해 온 도면에 대하여 허가권자가 확인 후 서명을 해 주거나, 허가권자가 설계자에게 사용승인 도면을 제출받아 확인 후 업무대행자에게 메일을 직접 보내 준다면 허가권자에게서 도면을 받는 것과 다름없다. 1회의 시간절약과 도면 확인 후 현장을 바로 갈 수 있어 한결 수월해진다. 또 협회 인터넷 입력시스템은 없애고 옛 방식대로 검사 끝나면 즉시 팩스를 보내는 것이다. 일의 종류가 늘어나는 건 바람직하지 않다.

둘째는 소규모 현장에서 주로 일조권이 적용되는 4층부터 벽을 후퇴하는 부분은 문제가 빈번하게 발생하고 있는 곳이다. 허가 시, 입면도에는 사실상 주된 재료 하나만 적요되어 있다. 그러나 사용승인 시는 손쉬운 재료로 시공하고 도면에 간단 표기하여 일치시킨다. 업무대행자는 벽두께나 재료를 확인하지만 현장 형태가 맞으면 일치라고 적지 않을 수 없다.

사례1

3층 지붕 A에서 본
4층 외벽

입면

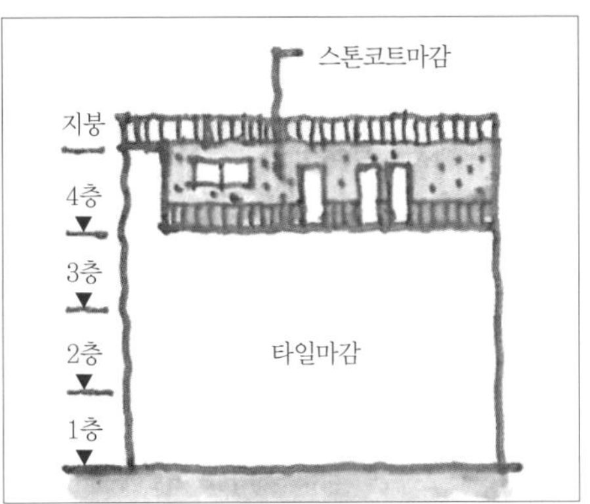

평면

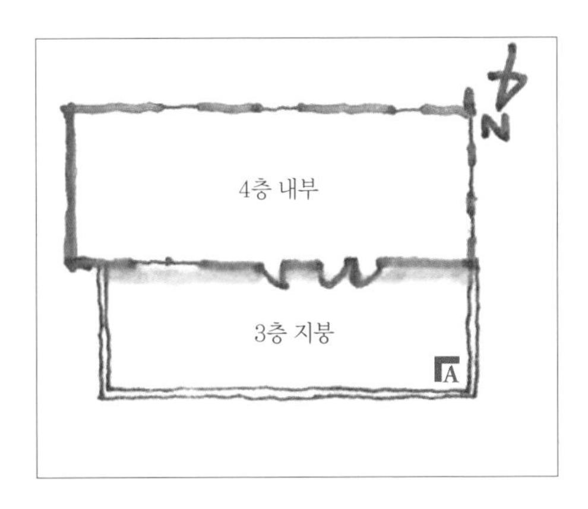

사례2

3층 지붕 B에서 본
4층 외벽

입면

무늬코트마감
R
4층
3층
2층
1층
화강석 마감

평면

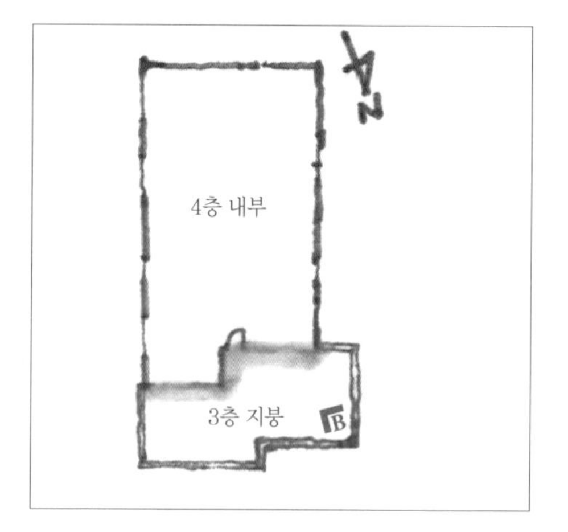

후퇴 부분에 대한 불법을 차단하려면 허가조건상 줄어드는 층은 주된 입면재료와 같은 재료를 사용하여 명기하거나 디자인상 이질재료의 사용이 부득이할 때는 건축주와 시공자가 연대하여 책임 시공할 것을 명시하여야 한다.

업무대행 절차와도 유관되는 현장안내자는 감리자가 하거나 허가권자에게 도면 받은 후 안내자 없이 현장 확인 후 다음으로 이어 가면 어떨까 한다.

짝퉁이 많다 보면

악화(惡貨)가 양화(良貨)를 구축한다는 말이 있다. '그래샴의 법칙'이라고도 한다. 영국 엘리자베스 1세(Elizabeth Ⅰ)가 왕실 금고를 채우기 위해 은의 함량을 원래 기준보다 훨씬 낮은 저질 은화를 대량으로 유통하자 결국 정상적인 은화는 시상에서 자취를 감추었다. 엘리자베스 1세가 그 원인을 묻자 영국의 재정전문가 그레샴은 "악화가 양화를 몰아냈기 때문입니다."라고 답했다.

그런데 화폐만 그런 것이 아니다. 원칙을 가진 기술자 대신 편법적인 업자가 돈을 많이 벌고, 원칙보다 편법으로

행하는 것이 훨씬 쉽다면 자연스레 시장에선 편법이 원칙을 몰아내게 된다. 시장의 구매자들 또한 이를 당연한 현상으로 치부하게 된다. 핵심은 가치의 문제다. 시장에서 그 둘을 같은 가치로 쳐 주면 누구도 기술자를 원하지 않을 것이다.

이를 바로잡는 일은 비교적 간단하다. 원칙에 혜택을 부여하고, 편법에 불편함과 불이익을 주면 된다. 우리나라 건축계는 유독 악화가 양화를 대체하는 현상이 많다. 혹시 이 글을 읽는 독자 중 '건축사사무소'와 '건축사무소'를 구분할 수 있을까?

새삼스럽게 용어를 논하는 이유는 관행적으로 사용해 왔던 낡은 통념을 바로잡고자 함이다. 건축사법 제2조(정의) "건축사"란 국토교통부장관이 시행하는 자격시험에 합격한 사람으로서 건축물의 설계와 공사감리 등 다른 사람의 의뢰에 따라 일정한 보수를 받고 제19조에 따른 건축사업무를 수행하는 사람을 말한다. 설계사라고 부르지 말고 건축사라는 호칭을 사용하길 바란다.

건축사법 제23조(건축사사무소 개설신고 등) 6항 '건축사사무소 명칭'에는 "건축사사무소"라는 용어를 사용해야 한다고 명시하고 있다. 그런데도 은퇴한 직원이 해당 지역에 말만 비슷한 건축사무소를 열어 공무원 시절 쌓아 놓았던 인허가 관련 인맥으로 일하기도 한다. 일반인들은 건축사사무소와 건축사무소를 전혀 구분하지 못하며 이에 대한 홍보도 부족하다. 제12조(유사 명칭의 사용 금지)에선 "건축사가 아닌 사람은 건축사 또는 이와 비슷한 명칭을 사용하지 못한다."라고 못 박아 놓았다.

건축사무소라는 간판을 달아 대중에게 착시 현상을 불러일으키며 영업하는 곳이 대한민국이다. 흔히 말하는 '밥그릇 타령'을 하려는 것이 아니다. 난립하는 건축사무소로 인해 덤핑 수주와 낮은 품질 문제는 물론 안전성까지 훼손하는 지경에 이르렀기 때문이다. 생태계의 교란으로 한국의 건축 문화가 퇴행하고 있다.

건축사무소는 법령상 그 지위와 자격이 없다. 건축사사무소의 건축사에게 의뢰하거나 건축사를 파트너로 두고 하는 경우가 있으며 실질적인 직접 책임은 지지 않게 되는 구조이다. 따라서 사용자들이 상호를 구분해 보는 안목이 필요하다.

그런데도 건축주들은 건축사무소를 찾는 경우가 많다. 싸고 비법적 영역의 설계도 과감히 해 주기 때문이다. 이후 자세히 다루겠지만, 삼풍백화점이 무너지고 성수대교가 잘려 나가도, 화재에 취약한 목욕탕에서 참사가 발생해도, 포항 지진으로 허술한 빌라가 주저앉아도 아직 근원적으로 바뀌지 않는 영역이 건축 계통의 이런 관행이다.

사고가 일어나야 사법당국이 나서고, 어김없이 이런 비법적인 건축 관행이 드러난다. 그럼에도 근본적인 변화가 없는 것이 더 놀랍지 않은가? 건축물의 안전과 품질에는 심각한 구멍이 발생할 수도 있는데 말이다.

짝퉁이 너무 많아지면 진품의 가치가 올라가는 것이 아니라, 진품을 파는 가게들이 논리적인 설득을 못 하거나 홍보할 기회를 놓쳐 버리면 짝퉁이 진짜인 것처럼 관행이 되어 버린다. 실제 중국에서 있었던 일이다. 건축사들도 이와 비슷한 처지에 있다고 하면 과장일까?

나는 날마다 야근을 해도 시간이 부족하고, 작업물이 내 마음에 들지 않는 경우가 많다. 투여하는 인력을 감안하면 다른 건축사들이 받는 용역비로는 프로젝트 수행이 불가능하다. 어떻게 해야 남들처럼 저가로 일을 할 수 있는지 아직 뾰족한 묘수는 없다. 영원히 없을지도 모른다. 나는 덤핑이라고 하는 일은 해 본 적이 없다. 열심히 일해 적자를 본다면, 차라리 휴식이 더 낫지 않을까. 정직하게 일하는 성실한 건축사가 대우받는 사회를 소망한다.

편의점의 물건 값도 모두 제값이 있건만, 건축사의 설계비는 정해져 있지 않다. 최소의 비용 하한선을 정해 사안이나 난이도에 따라 적용해야 한다. 저비용 덤핑 설계는 협력업체 외주비도 난감한 경우가 있으며 안전에 심각한 문제를 초래하기 때문이다. 올해부터 민간의 설계비도 공공기관의 발수 단가에 준할 수 있다고는 하는데 관행이 바뀌는 데는 시간이 필요하며 아직 갈 길은 멀기만 하다.

공모전 10년, 잃은 것과 얻은 것

세계적인 클래식 연주자가 꿈이라면 초등학교 시절부터 준비해 차근차근 콩쿠르(Concours)에 도전한다. 국제대회는 주로 컴페티션(competition)이라고 한다. 연주자들은 입상하기 위해 6개월 전부터 자신의 모든 생활리듬을 대회로 조준해 몸을 만들어 유럽으로 간다. 당연히 많은 노력과 돈이 사용된다. 콩쿠르 스트레스 또한 엄청나다. 입상하는 건 그야말로 하늘의 별 따기다. 그래서 이 콩쿠르 시스템에 대해 비판하는 음악전문가들도 많다.

얼마 전 한 라디오 프로그램에선 권위 있는 국제대회에서 우승한 바이올리니스트에게 물었다. 엄청난 고통이 따르는 콩쿠르를 왜 꾸준히 도전했냐고. 답변이 인상적이었다. 당장은 고통이 따르지만, 자신의 실력을 국제적으로 인정받을 수 있는 가장 유력한 방안이 국제대회였고, 종국에는 자신이 원하는 음악을 하고 싶었기 때문이란다. 즉, 자신이 원하는 오케스트라와 원하는 음악을 선별해 할 수 있는 자리에까지 오르기 위해서라고 했다.

음악계에 콩쿠르가 있다면 한국 건축계엔 현상설계공모전이 있다. 현상설계 공모란 공익적인 시설이나 지역의 랜드마크가 될 수 있는 아름답고 상징적인 건축물을 짓기 위해 건축사라면 누구나 응모 가능하며 1등 당선자에게 설계 권한을 부여하는 공모전을 뜻한다.

한국토지주택공사에서는 주로 공동주택 설계공모를 해왔다. 지자체, 공공기관 등에서도 현상공모를 한다. 고품질 수준의 건축물 설계를 위해 주로 공공에서 경쟁할 수 있도록 한 제도이다. 그러나 제한 사항의 범주 내에서 창의적인 것보다는 내부 시스템에 의해 빨리할 수 있는 기계화된 설계가 더 유리하다.

나는 이 공모전을 건축을 시작했던 때부터 해 보고 싶었기에 10년이라는 시간을 투자했다. 나와 우리 팀의 독창적인 아이디어가 어떻게 평가받는지를 알고 싶었고, 당선작과 나의 작품의 차이점을 확인하며 작품을 만들어 가는 과정을 자세히 알고 싶었다. 왜냐하면 한국에서 건축사는 자신의 역량을 끌어올릴 기회가 많지 않기 때문이다.

건축사가 일단 자격시험에 합격하면, 그때부터는 직무능력을 높이기 위해 더 배우고 싶어도 그럴 만한 곳이 없다. 그때부터는 모두가 생업에 열중하기 때문에 자신의 역량을 한 단계 업그레이드하기 위한 노력을 소홀히 하게 된다.

내가 공모전을 시작한 2007년 주택공사 때의 상황이다. 현상공모에 처음 참여하는 업체는 입문 자체가 어려웠다. 실력도 있어야 했지만 공모 세대수별로 사무실 크기에 따라 작품을 제출하였다. 그들만의 묵계 된 순번 따위가 정해져 있었으며 한 회사당 1년간 당선 횟수는 5개 이하였다. 몇 년이 지난 후 기존 업체 횟수도 1개씩 줄어들기 시작했다. 늘 하는 업체만 참여하니 신인이나 신규 업체는 참여해도 응모 업체 개수나 늘려 주기 위해 들러리를 서는 격이었다.

또한 제출하는 기간 역시 초기에는 공고 후 45일 전후였지만, 날이 갈수록 짧아져 나중엔 15일 내 제출물을 마감해야 했다. 사전에 기본 정보가 쌓여 있지 않으면 도저히 공모전에 제출할 수 없는 불가능한 시간이다. 여기에서 기본 정보란 프로젝트가 바뀌어도 여러 곳에 끼워 넣어 활용할 수 있는 토대가 되는, 즉 어디에 넣어도 예쁜 그림이 되는 소스를 의미한다.

나의 경우엔 주변에 현상을 하는 회사가 없으니 물어볼 수 없었고, 구체적인 조언을 해 줄 사람도 없었다. 예정된 현상공모전 1년 스케줄을 표를 구하거나 확인하여 중간에 프로젝트가 취소되는 경우도 종종 있으니 공정대로 진행되는지 파악해야 하고, 해당 프로젝트에서 미리 챙길 수 있는 내용은 준비하여 기본적인 내용을 숙지해야 정해진 해당 기일의 준비 기간에 최적화된 수준의 품질로 제출할 수 있다. 잘하려면 반복된 학습과 매뉴얼로 준비된 시스템에 더해 관련 특질을 세련되게 잘 담아서 솜씨를 발휘해야 한다.

초등학교 동기가 현상 공모전을 주관하는 처장을 할 때이다. 동창회에서 처음 만난 친구 때문에 주택공사 현상을 해야겠다고 생각했다. 그러나 동기는 시작하는 프로젝트마다 99.9%는 하지 말라고 얘기했다. 그때만 해도 제출물을 폼 나게 만들려면 몇 천만 원이 들었기 때문이었을까. 특히 모형 만드는 값이 제일 비쌌고 조경과 세련된 도판을 만드는 것도 만만치 않았다. 동기는 나를 생각해 세부적인 이유는 설명하지 않고 무조건 하지 말라 했다. 하지만 나는 이렇게 말했다.

"대지의 설계 조건이 어렵거나, 어떤 말 못 할 사정 등이 있더라도… 내가 하는 건 개의치 마. 내가 정한 프로젝트는 시작하면 끝까지 완성해 제출할 거야."

일부러 간 적도 없지만 그날 이후 나는 동기가 근무하는 층은 되도록 피하였다. 계획 과정에선 자유롭고 다양하게 숙고하되, 여러 가지 방법 중 결국 하나의 안으로 결정해 제출해야 타 업체의 제출 의도를 알 수 있기 때문이었다. 친구 역시 말을 듣지 않고 돈을 버리는 내가 답답했겠지만, 나는 이렇게 수년간 직접 체험해 보고서야 현상공모의 시스템과 분위기를 알 수 있었다.

해가 거듭될수록 내가 몰랐던 진입 장벽이 드러났다. 공모전에 응모한 회사는 회사의 규모에 따라 수주할 수 있는 등급과 사이즈가 결정되어 있었다. 처음부터 응모자들은 회사의 등급에 맞게 공모전 크기를 선택하여 제출하는 관행이 있었다. 다시 말하면, 500세대 이하, 1000세대 이하, 2000세대 이상과 같은 응모 세대수 크기와 비례하여 사무실 크기별로 나뉘어 서열화해서 제출하였고 작은 사무실은 큰 규모의 사업을 수주하지 못하도록 만들어 놓은 것이다. 소규모 업체는 도전도 하지 말라는 엄포였다.

땅의 크기가 크건 작건 도로를 중앙에 두고 나뉜 두 필지의 땅이건 계획을 하는 것은 모두 다 한 건에 해당하는 단지계획이다. 다만 사무실 규모나 고용 직원의 수로 처음부터 위계를 정해 놓는 것은 실망스러운 관행이었다. 일할 능력이 싹 인원수에 비례하는 것도 아니고, 직원이 몇 명인지 기구표를 작성하여 제출하는 것도 부담이었다.

현상공모 당선 후에도 담당자는 나에게 이렇게 말했다. 일 처리 과정상 새로운 시스템을 구축하는 것보다 갖춰진 시스템이 일하기 좋고, 경험이 있는 쪽이 편하다고. 중소기업은 성장하고 싶어도 도약할 수 없다. 진입 장벽이 너무 높기 때문에.

2008. 제주

나대지

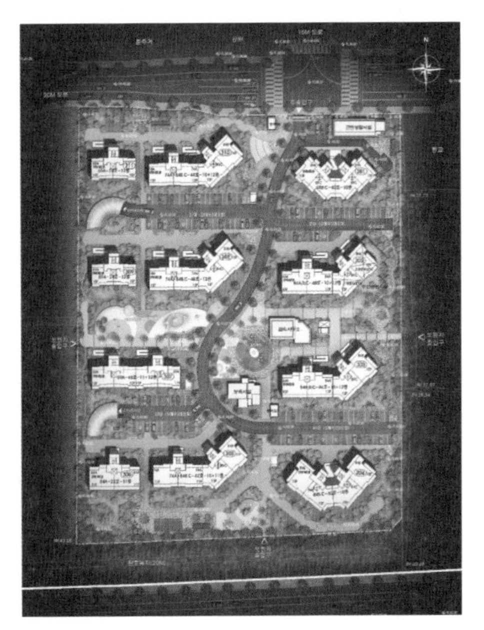

배치도

조감도

2009년 9월 30일, 통 크게 1,160세대짜리 오산 세교 건으로 작품을 제출했을 때다. 도면, 설명서, 도판에 그려진 디자인을 심사하는 날이었다. 오전 9시, 공정하게 한다는 명분 아래 작품을 제출한 업체들의 직원을 한 명씩 한방에 불러 보아 놓고 외부 출입을 금지한 채 점심 도시락까지 나눠 주는 일정이었다.

심사 예정 시각은 오후 1시 30분이었다. 모임방에서 바둑알을 사용하거나 기타의 방법으로 심사위원을 선정했다. 주택공사의 담당직원은 그 상대 심사위원에게 전화해 심사에 참석이 가능한지 물었다. 이날 선정된 위원의 이름과 정보는 전화를 건 담당자만 알고 있다가 상부에 보고한 후 심사시작 두 시간 전쯤 참석자 모두에게 알려 주는 것이 그 당시 방법이었다.

초보 업체는 설령 두 시간 전에 심사위원을 알아도 그들 연락처조차 모르는 데다 상대도 내 업체를 모르니 무용지물 정보가 돼 버리고 만다. 그러나 기존 업체들은 참여한 경륜만큼 친분이 쌓여 심사위원에게 배치도 한 장만 사진으로 보내도 심사위원들은 감별할 수 있다.

오산세교 중앙광장

조감도

한마디로 뽑힌 위원만 알게 되면 간단하게 해결되는 셈이다. 메이저 회사들은 이날 처음 접하는 위원이 있어도 문제될 것이 없다. 대학마다 미리 가서 각각 기다리고 있다가 자사에서 전화를 받은 즉시 심사위원을 만나 작품 설명을 하면 되기 때문이다.

10시 21분이 되자 한두 번 인사한 적이 있는 J 부장의 실수로 심사위원 11명의 명단을 알려 주는 문자를 받았다. 아마도 연락처에 혼선이 있는 듯했다. 나는 그에게 아직 끝나지도 않았는데(위원 선정 중) 명단이 벌써 날아오면 어떻게 하냐고 문자를 보냈다. 그건 분명 그의 실수였다. 이날은 여러 건 대형 프로젝트 심사가 있던 날이었고, 시간이 되는 심사위원들은 여기저기 같은 이름이 있는 것으로 보아 한 건이 끝나면 다음 건으로 시간에 맞춰 옮겨 다니며 심사하기로 되어 있었다.

심사위원 9명이 교체되었다. 형식은 너무나 완벽했다. 누가 보아도 공정한 경쟁처럼 보였다. 이것 외에도 해당 건 관련, 동시에 접수해야 하는 전기 협력업체 문제로 형평성에 어긋나는 내용이 또 있었으나 따지지는 못하고 메모만 적어 두었다. 그들 눈 밖에 나면 내가 참여하기 어렵고 또다시 이 회사의 일을 할 수 없게 될 테니까.

당시에는 응모 회사들이 능력껏 로비를 했다. 심사위원들 중 누가 들어올지 모르기 때문에 제출일보다 훨씬 빠르게 도판을 작성해 인맥을 총동원해 아는 사람이나 소개받은 심사위원에게 작품을 보여 주며 로비를 하는 것이 일종의 관행이었다.

그 후에 기관에선 '투명성'이라는 기치를 걸고 제도의 형식과 절차를 더 민주적이고 공개적인 방식으로 바꾼다고 바꾸었지만, 이에 화답하듯 노련한 출품 경력자들은 제도의 허점을 찾아 또 다른, 갖은 방법을 동원하였다.

내가 현장에서 본 것은 그들의 관행이었다. 서로 밀어주고 당겨 주는 그들만의 이너서클이었다. 당장 진행하는 프로젝트가 없을 때도 자주 만나는 사람이 잊히지 않는다고 귀띔을 해 줘 나도 노력했다. 세 번이나 주택공사 주차장까지는 갔지만 사무실 방마다 돌아다니며 인사를 해야 한다는 멋쩍음에 세 번 다 올라가지 못하고 사무실로 되

돌아오곤 했다. 그 후엔 다시는 업무 진행과 관련 없이는 가지 않았다. 그때 근무하였던 퇴직자들은 거의 대형 건축사사무소에서 책임자로 일한다.

요즘 들은 이야기인데 제도가 여러모로 많이 바뀌고 있다고 한다. 제출일이 짧은 것은 2주일도 있다. 경험이 많은 경우는 변경된 대지 조건에 소스를 끼워 넣기 때문에 쉽고 빠르게 완성할 수 있다. 특히 공동주택 당선작들은 창의성이라곤 전혀 찾아볼 수 없는 것 투성이다. 계획 특성이 강하면 시공비가 많이 들어 채택이 어렵다.

중소기업에선 독창적인 아이디어를 얻어도 현실에선 부족한 손이 보완되어야만 완전히 표현된 작품을 만들 수 있다. 그러나 사전에 직원을 채용하는 것도 엄청난 손실을 동반하기에 난관으로 작용한다. 충분한 인력이 없다면 공모전에 응모할 엄두도 못 내는 이유다.

요즘은 신진 건축사들만 참여하거나 여성 건축사들만 참여하는 일정 규모 이하의 프로젝트도 있고, 몇 회 낙선된 업체들끼리 참여하는 조건도 있다고 한다. 그 옛날 뭘 모르고 해 보고 싶은 의지가 집요하던 시절엔 닥치는 대로 했지만 이제 나에게는 그런 정열이 없다.

최근에는 심사위원을 미리 오픈해 응모자가 심사위원에게 개별로 접근하면 감점을 준다거나 다른 결격 지침 등이 있다. 하지만 모두 형식적일 뿐이다. 나는 감점을 준다고 적혀 있으면 가지 않는다. 이에 대해 어떤 사람은 "가서 작품 설명을 해야 너희 회사 작품을 알고 있지. 너는 바보냐? 남들 다 가는데 너만 안 가면 손해지!"라고 말하기도 한다.

한번은 지자체 체육센터 공모전에 작품을 제출했다. 심사위원 중 한 명이 여자대학교 미술대학 교수였다. 처음부터 심사위원은 공개되었다.

나도 작품 설명을 위해 해당 교수 사무실에 가서 인사를 했더니 시간이 없어 나가야 한다며 설명을 들을 수 없다고 했다. 나는 좀 기다리겠다고 말하고 온종일 기다렸는데, 교수는 그동안 승강기를 이용하지 않고 계단으로 4번을 오르내려도 설명을 듣지 않아 그냥 돌아와야만 했다.

3분도 안 걸리는데 왜 그랬을까?

그런데 지금도 납득되지 않는 의문점이 남았다. 미술 전공 심사위원은 처음 봤는데 당선된 작품은 사각형 평면에 이중외피(더블 스킨), 즉 껍데기를 한 번 더 덧대어 곡선으로 굴린 것이었다. 조형성과 함께 미술적 관점에서 평가하려고 미술 전공자를 넣은 것일까?

나는 용도나 목적에 맞을 때 특별한 경우에만 더블 스킨을 적용한다. 물론 작품에 대한 평가는 당연히 주관성이 개입된다. 나 또한 남들이 격한 호평을 하는 작품을 보고 실망하기도 하고, 의외의 요소에서 창작자의 창의성과 영감에 놀라기도 한다. 공모전의 경우도 마찬가지다. 공모전에 낸 작품이 모두 당선될 순 없다. 하지만 적어도 당선작은 그 작품을 제출한 사람의 아이디어와 설계사상, 표현방식 등에서 새로운 관점과 배울 것이 있었으면 한다. 고개를 까우뚱하게 만드는 심사결과가 자주 나온다면 진취적인 건축가들이 더는 도전하지 않을 것이다.

이때 내가 제출한 공공건물 스타일은 아래 그림과 같이

사용자들의 접근성, 층별 사용성, 유지관리 등을 생각해 가장 미니멀리즘에 가깝고 과업지침에 맞게 구체적으로 표현했다.

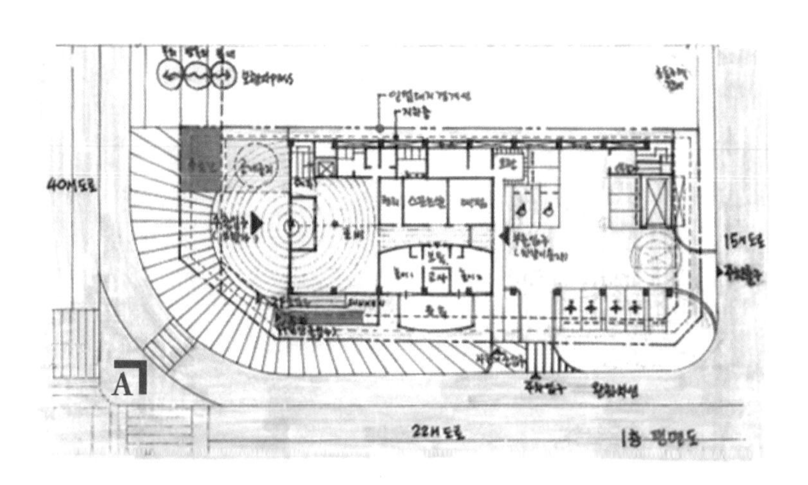

제2구민체육센터 1층 평면도

A에서 본 제2구민체육센터 정면 출입구

제2구민체육센터 건립공사

탄력의 육면체(SPRING CUBE)

- 힘의 표현인 분출, 탄력, 탄성을 상자매스에 은유적으로 구현

투시도

난 물론 선물은 가져가지 않았다. 이전에는 남성들을 근본적으로 따라갈 수가 없었는데 요즘 여성들은 일명 '김영란법'으로 인하여 로비가 근본적으로 줄어든 마음적인 혜택을 톡톡히 보고 있다. '뭘 가져갈까? 얼마짜리를 가져갈까?' 고민하지 않는 것이 나에게는 큰 특혜가 되었다.

나는 늘 현상공모를 준비하며 이번에 당선되면 직원들 복지를 향상시킨 수 있을 테니 한번 단체여행을 다녀와야지 했는데, 나머지 한 번이 정말 어려웠다. 하는 방법을 알았다는 이유만으로 어느 한순간 마음을 내려놓아 심리적 안정을 찾았다. 이런 생각도 반복하면 가치관이 되고 기질로 정착된다. 곧 중소기업의 경쟁력이 사라지는 것은 결국 질긴 관행과 벽에 더 이상 버텨 볼 힘을 잃게 될 때부터가 아닐까.

2007. 부산 주상복합

2009. 다목적 체육관 조감도

갑·을의 경제학

시공은 도면대로 하는 것이 기본이고 건축주와 설계자, 건축주와 시공자, 건축주와 감리자가 서로 잘 만나야 본전이 되며 감리자와 시공자는 각각의 역할에 충실해야 한다. 잘 만났다는 것은 서로가 설계도서대로 현장을 인지하며 시공하고 무리한 변경 요구는 하지 말아야 한다는 뜻도 된다.

그러나 자기 이익만을 우선하는 건축주는 자기 생각을 반영할 때까지 감리자 눈속임을 위해 차일피일 공사 기간을 늦추며 시공을 지연시키기도 한다. 이는 주로 소규모 건축물에서 해당하는 내용으로, 건축주가 이윤을 남기려면 이익에 도움이 되는 설계자를 잘 만나야 한다. 그러나 내가 잘 만났다는 표현은 해당 건물을 오래 두고 보아도 싫증나지 않고 전문가가 아닌 일반인의 눈에도 '괜찮네!' 정도의 반응이 나올 정도를 의미한다.

처음부터 불법건축물을 설계하는 건축사는 없을 듯하다. 하지만 지금껏 해 오던 습관에 의해 직접 책임지지 않는 사람들이 불법을 쉽게 생각하여 자신의 뜻대로 시도하며 관행을 이어 가려고 한다. "직접 책임지지 않는 사람들"에 대하여는 각자의 해석에 맡기고 싶다. 그럼에도 불구하고 그들의 행태는 분명 달라져야 한다.

갑 · 을 관계

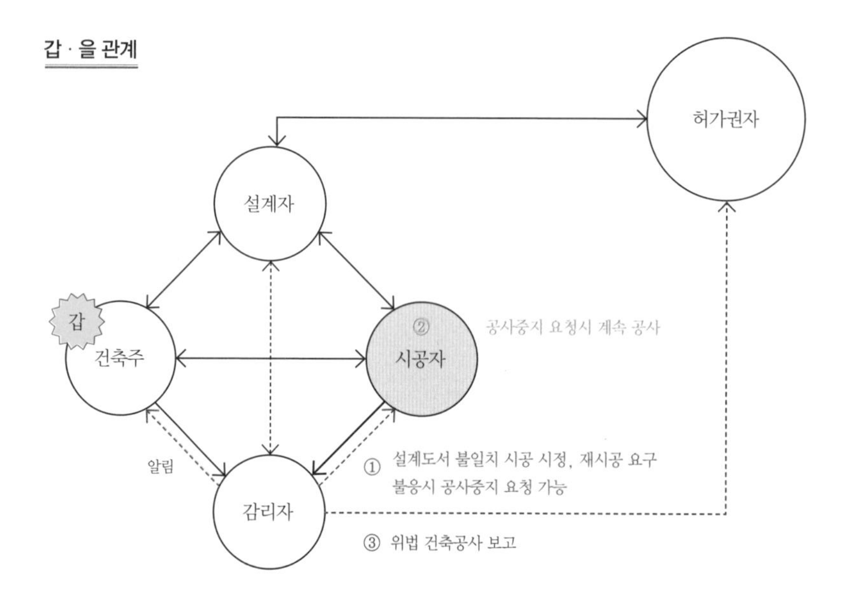
허가권자
설계자
갑
건축주
②
시공자
공사중지 요청시 계속 공사
알림
① 설계도서 불일치 시공 시정, 재시공 요구
불응시 공사중지 요청 가능
감리자
③ 위법 건축공사 보고

또는

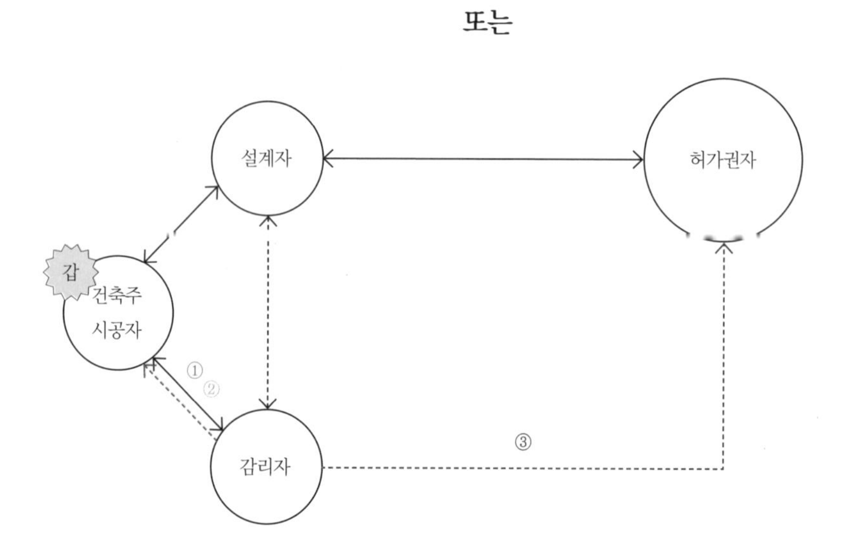
설계자
허가권자
갑
건축주
시공자
①
②
감리자
③

사는 집과 파는 집

고위 공직자에 대한 인사검증 과정에서 빠지지 않는 것이 있다. 바로 위장전입과 부동산 투기, 다운계약서 문제다. 이 문제가 하도 많이 나오니까 정치권에선 웬만하면 위장전입과 다운계약서는 그냥 넘어가자는 말도 나온다. '웬만하면'이라는 뜻은 나도 너도 이 문제에서 자유롭지 못하다는 것이다.

나는 한국의 부동산 시장이 요동쳤던 1980년대부터 건축에 몸을 담았다. 당연히 주변엔 부동산과 투자 관련 정보가 넘쳐났다. 하지만 나는 늘 집을 건축 자체, 즉 살기 위한 집으로만 받아들였다. 집 한 채 사려고 기웃거린 적이 없다. 투기를 안 하니 자산이 증가할 일이 없고, 바르게만 살아선 수익이 크지 않으니 부채가 늘긴 했지만 후회도 없다.

최근 문재인 정부는 부동산 투기를 억제하기 위해 대출 규제 정책을 비교적 강도 높게 진행하고 있다. 올해 초 현장 소장이 했던 말이다. 자기와 같은 집 장사들은 대출도 묶였고 현금이 부족해 사업을 포기하지만, 소위 큰손들은 기존보다 20% 저렴한 가격에 좋은 땅과 신축된 집을 골라서 현금으로 매입할 수 있는 절호의 기회라고 말이다.

업무상 K 지역 역세권 지구 중심에 용도 상향이 되어 일반주거지역에서 준주거지역으로 바뀌는 곳을 알게 되었다. 이때 나도 일수일 동안 망설였던 적이 있다. 하지만 이사를 하려면 집을 매매해야 하는데 우리 집은 십수 년 동안 건축행위를 못 하는 동네였고, 그 시점까지 이자를 주고 버티고 살았는데 제값이란 기준도 없었다. 무엇보다 도시계획 관련 일을 하면서 습득한 정보를 결단코 활용하지 않는다는 나의 직무 원칙을 흔들기 싫었다. 그리고 바르고 정직하게 살아야 한다는 삶의 가치를 지키고 싶었기에 쉽게 생각을 접을 수 있었다.

우리 사회에서 집이란 '돈 버는 방법'이 되었다. 집은 의식주를 해결하는 산실에서 벗어난 지 오래다. 언젠가부터 집이 너와 나를 구분 짓는 잣대가 되어 버렸다. 이젠 초등학교 아이들도 아파트 브랜드명과 한 달 사이 오른 집값을 따져 가며 친구들의 있고 없음을 계산하여 그룹 짓고, 임대아파트와 세입자들의 이동로를 따로 격리하며 너와 나를 가른다고 한다. 이건 누가 가르쳤는가. 우리 사회와 어른들이다. 여기에서 벗어나야 한다.

부산의 한 분양아파트 주민들은 임대아파트 출신 학생들이 단지 통로를 이용하는 것이 못마땅해 격벽을 설치해 수백 미터를 돌아서 등교하도록 했다. 대전의 한 동네엔 초등학교가 도로 하나를 두고 바라보고 있다. A 학교엔 1,200여 명이 넘는 학생들이 다니고 맞은 편 B 학교엔 160여 명의 학생만이 다닌다. 어찌 된 일일까?

아파트 단지는 분양 아파트와 임대 아파트로 구성되어 있다. 짐작했겠지만, 분양 아파트 자녀들은 A 학교를 다니고, 이 A 학교에 배정받기 위해 인근 주민들까지 위장전입을 해 자신의 자녀를 보낸 반면, B 학교엔 임대아파트 주민의 자녀들만 다니고 있다. 더 가관인 것은 분양 아파트와 임대 아파트를 가른 날카로운 철조망이었다. 그야말로 아파트 단지의 분단이었다.

쇼셜 믹스(social mix)란 건축가가 단지계획을 할 때 사회적 · 경제적인 배경이 다른 사람들이 어울려 살 수 있도록 설계하는 계획기법이다. 하지만 현실에서 사용자들은 이런 설계에 강한 반감을 드러내기도 한다. 이에 대한 건축심리학적 연구와 대안이 필요하기도 하다. 사회 인식과 디자인 철학이 갈등하고 있는 것이다.

나처럼 한집에 오래 살면 세금도 없어야 한다. 살았던 연수에 따라 세금도 달라져야 한다. 그만큼 생업에 열중하고 사회 가치를 교란하지 않으며 원칙적으로 사는 것에 대한 보상을 정책에 반영해 주었으면 좋겠다.

나는 집과 관련된 전문가이다. 여전히 공동주택보다는 주택을 좋아하며 밀도가 낮은 '지속 가능한 숨 쉬는 도시'를 지향한다. 도시 기본계획을 바탕으로 5년마다 도시관리계획이 변경되는데, 큰 틀을 유지하며 멀리 보는 계획을 추진하였으면 좋겠다. 브랜드명을 달고 큰 단지와 화려한 부대시설을 내세우는 공동주택만이 선호되는 것이 아닌 다양한 주거의 형태가 사회적으로 양립할 수 있어야 한다.

도시가 포화 상태인 지금, 사람 사는 영역을 위한 느슨한 계획이 필요할 때다. 도시재생을 구현하여 적극적으로 활용할 때이다. 사람 사는 열린 도시를 지향해야 한다. 나는 형태만 지어 이윤만 추구하고 팔아 버리는 집을 '집 장삿집'이라고 표현한다. 집의 가치를 사람이 사는 공간, 사람이 살 수 있는 공간으로 생각을 바꾸어 축조해 갈 때 오히려 이윤은 더해 갈 것이다. 주택 신축 관련자(판매자)들은 사는 집의 가치가 종국에는 더 크게 인정받음을 고려해야 한다.

나는 기회가 있을 때마다 특정한 도시를 구상하며 미래 지향적인 건축 구상을 하곤 한다. 그게 집이고 그런 집들이 모여 도시가 될 테니까. 우리가 법을 만들 때는 여기까지는 지켜 달라는 최소한의 금칙을 정한다. 그러나 그 범위가 최대한이 되어 버린 지는 아주 오래전부터다. 법규상 건폐율 60% 이하일 때 건축주와 설계자는 59.9%까지 활용한다는 뜻이다.

땅과 집이 가장 효과적인 재산증식 수단이었기에 우리에게 도시란 어쩌면 욕망으로 점철된 삭막한 곳으로 다가왔다. 다만 최근에 신중하게 도시계획을 한 곳엔 시민을 위한 쉼터와 자유로운 보행, 만남이 보장되는 녹지가 들어서고 있다. 한국전쟁을 겪어 완전히 폐허가 된 빈터에서 새로운 도시를 건설하고자 할 때 일본의 노학자들이 한국 방문을 많이 했다. 그들은 입을 모아 우리나라의 건축가들에게 조언했다.

히로시마, 나가사키에 원폭이 투하되어 '그라운드 제로'의 상황이 되었을 때, 장기적인 도시계획을 수립했어야 했는데 그것을 놓쳤다고. 한국은 일본의 실수를 반복하지 말기를 바란다는 내용이었다. 하지만 당장 경제개발과 서울 경제권 건설이 급했던 당국자들은 그들의 조언이 귀에 들어오지 않았다. 지금 1호 터널이 뚫린 남산이 서울의 경제권역을 막고 있다고 남산을 모두 헐어버릴 계획까지도 했다는 것이 정설이다. 땅과 집이 오직 경제의 논리로 사용될 때 어떤 후과를 낳는지 우리는 지금도 겪고 있다.

지역민으로서 살기 좋은 동네를 만들어 보고자 하는 관심으로 우리 동 주민자치 위원회에 들어갔으나, 제시간에 퇴근을 하지 못하는 바람에 몇 번만 참석했다. 불참하면 회원들 얼굴을 몰라 서먹하기도 해서 결국 생활의 우선순위에 따라 지역의 일은 포기하게 된다. 업무의 성실도가 생활로 이어지기 때문이다. 나의 직업 이대로도 좋지만, 뜻도 이루고 생활도 해결되는 또 다른 일을 만날 때까지 나는 나를 기다리고 있다.

3

부동산공화국

집이 사람 사는 곳이 아니라

빨리 돌릴수록 황금알을 쏟아 내는

흑마법의 연금술인 나라에선

튼튼하게 짓는 기술보다

돈 되게 짓는 기술만이 각광받았다.

무학여고 아이들은 잘 있을까?

감리란 착공부터 건축물의 완성 후 사용승인 전까지 도면과 일치하게 공사하는지를 관리 · 감독하는 것이다. 내가 감리를 했던 첫 번째 현장은 63 대한생명 건물이었다. 당초 S.O.M에서 설계하고 1982년 입사했던 박춘명 종합건축사사무소에서 국내법에 맞춰 2차 보완을 했으며, 지하층 토목공사 공정기간, 상주감리로 현장에 근무했다. 두 번째는 1986년 목동지구 개발감리단 건축 계장으로 감리를 하였다. 세 번째는 건축사가 된 후 도봉구 번동 공동주택 167세대 사업승인 후 현장 착공부터 사용승인까지 감리단장으로 전 과정을 끝냈다.

지하 1층 지상 17층의 3개 동이었는데, 해당 층 철근 배근이 끝나면 레미콘을 쳐도 좋은지 감리단장 확인을 받는다. 현장에서는 늘 낮에 일을 끝내지 못하고 퇴근 시간 쯤 돼서야 다음 날 새벽 마무리하고 레미콘을 친다는 것이었다. 일명 기준층이라고 말하는 똑같은 층이 수회 반복되어도 보강근이나 누락근의 지적사항은 따라다니기 때문에 나는 배근이 완료되지 않으면 서명하지 않았다. 다음 날 새벽 5시 레미콘 치기 전 지하층 철근 배근을 확인하러 나갔을 땐 공사장이 컴컴하여 무서웠다. 직원은 좀 늦게 도착했다.

성수대교 붕괴 이후, 정부는 국내의 교량이나 설치물 건축의 경우 한국 업체가 수주하면 일본이나 유럽의 감리전문회사에 감리 일을 주었다. 과거엔 대기업이 담당 공무원에게 청탁해 설계와 시공, 감리 모두 모회사의 계열사 내지는 그들의 영향력 범위에 있는 회사에게 맡기는 관행이 횡행했었기 때문이다.

시공사든 감리회사든 모기업으로 먹고살았기에 시공과 감리의 엄격성은 애초 기대하기 어려웠다. 성수대교 참사는 교량의 상판 48m가 순식간에 사라지면서 무학여고생을 비롯한 32명의 시민이 사망한 사건이다. 순간만 애통해하지 말고 기술자는 잊지 않아야 한다.

정부는 시공사였던 동아건설의 단가를 후려쳤고 시공사는 이익을 위해 하도급에 재하도급 공사를 강행했다. 트러스 연결 이음새 용접은 10㎜ 이상이어야 했지만 모두 8㎜ 이하였고, 이음새 부분의 연결핀은 걸쳐 있듯 부실했지만 감리자는 그냥 눈감아 주었다. 심지어 녹슨 부분은 페인트칠로 덮었고, 동부간선도로 개통으로 인한 필연적인 차량 통행량 증가는 처음부터 설계에 반영되지도 않았다. 이 사건은 한국 건설회사는 믿을 수 없다는 국제적 불신을 가져왔다.

이 사건을 총체적 부실이라는 말로 정의할 수도 있지만, 나는 토목설계 · 감리 · 관리 등 총체적인 책임이 있다고 본다. 내가 여의도아파트에 살 때 선배 M형이 그 아파트 현장에 있었다는 얘기와 함께 토목공사 현장 시공자는 자기가 시공한 다리를 안 지나가고 돌아간다는 얘기를 들었다. 하긴 지금까지 별일 없는 것을 보면 다행이다 싶다.

매번 문제가 발생하면 지자체별로 적은 돈으로 짧은 시간에 형식만 갖춰 일괄 확인하는 것보다는 세부적인 지침을 갖춰 구체적인 중 장기계획을 가지고 다중이용 시설물부터 계획적인 점검과 관리가 필요할 듯하다.

현장 이야기

도시 주거의 절반 이상을 차지하고 있는 것이 소규모 건축물들이다. 소규모 감리를 하면서 본 현장은 그야말로 비법적인 건축 천지였다. 이런 문제를 양산하고 있는 것은 '면허 대여'에 대한 당국의 모호한 태도다. 현재 불법으로 분세 삼고 있는 면허 대여의 범위는 과연 어디까지인지 그 범위 또한 확대해야 한다. 물론 정부나 협회에서도 노력은 하고 있다. 그러나 관행을 없애지 않으면 무사고의 근절은 어렵다. 제도적으로 면허 대여의 종류를 색출해 과감하게 정리해야 할 때라고 생각한다.

소규모 감리와 관련하여 우선 내가 겪은 세 가지 수주자의 유형이 있다. 첫째, 이사들을 많이 유치하고 있는 건축사사무소로, 그들은 스스로 수주해 관련된 타 건축사 또는 같은 사무실 건축사에게 필요한 도장을 받아 이사가 건수별로 책임을 진다. 좋은 의미의 책임은 상생이 되어 상부상조가 될 수 있으나, 이사의 지휘 아래 해서는 안 될 내용까지 다음 계약을 위해 건축주에게 모든 것을 맞춰 주며 수용해 버린다. 이들은 도장과 관련되어 함께하는 건축사께 법적인 책임만 안길 뿐, 도장만 받으면 끝이다. 설계에 건축사가 관여하지 않으므로 해결책은 건축사가 직접 관여하게 하는 것이다. 둘째, 실제로 근무하지 않지만 서류로는 올라와 있는 건축사, 셋째, 본인의 자격증과 현재 하는 일이 전혀 다르며 면허를 대여한 경우 등의 사례이다.

2019년 1월 대한건축사협회 신문, 건축사 등록원의 내용에 의하면 “건축사 자격을 가진 사람은 21,234명이며 이들 중 건축사등록원에 등록 건축사는 15,471명, 서류상 6,000명은 자격등록을 하지 않고 수면 상태”라는 것이다. 내 생각은, 여러 가지 사유로 등록만 하지 않을 뿐,

하던 일이니까 같은 계열의 일은 할 것으로 생각된다.

/ 불법을 가능하게 유도하는 것은 무엇인가 /

나는 소규모 감리를 하면서 소규모건축물의 불법 · 부실 시공의 씨앗이 어떻게 자라는지를 똑똑히 볼 수 있었다. 많은 건축사사무소에선 영업 담당을 두고 있다. 대부분 '이사'라는 호칭을 사용한다. 성형외과의 사무장과 같은 역할을 한다. TV에도 간혹 보도되는 사무장들의 무면허 수술 사건은 대부분 전문의의 방조 내지는 결탁 아래 이루어진다고 한다.

감리자는 현장에서 법대로, 규정대로 하는 것을 당연하게 말하지만, 특히 시공사와 건축주가 동일한 경우 이사는 오직 건축주의 이익만을 위해 일한다. 같은 편이 되어 안전문제나 감리자의 보완, 지적상 요구는 간단히 묵살하며 의도적으로 공정을 지체해 공기는 대부분 길어진다. 아래 내용은 내가 경험한 현장의 몇 가지 사례들이다.

내용과 사례	첫 번째	두 번째	세 번째
이사	K(k구)	L(d구)	L(d구)
건축주와 시공자 동일		○	○
다락층		○	○

첫 번째 사례는 K이사 건이다. 스라브(slab) 배근 등의 골조공정이 끝난 후 벌어진 일이다. 허가권자에게 민원이 있다고 연락이 왔다. 현장을 확인해 보니 2층 근린생활시설(사무소 용도)의 노대 11.1㎡가 허가면적에 불산입 되었는데, ②는 시공 후 내부에서 잘 보이지 않는 높은 높이라 내벽①을 외벽②로(그림 참조) 후퇴하여 시공한 것이다. 감리자가 확인할 공정 기간은 이미 지나간 층이었다.

2층 평면과 외부에서 본 입면

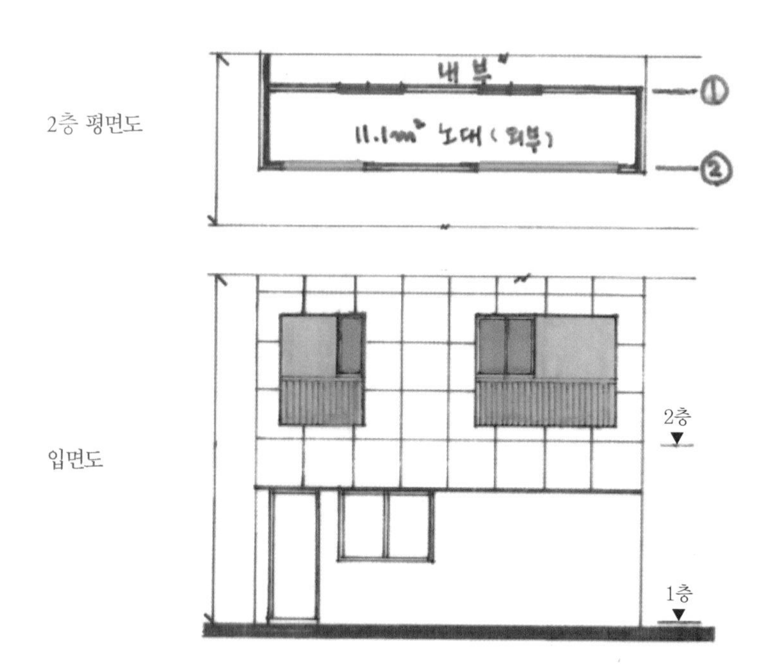

허가시: ① 창문 높이는 ②를 볼 수 없음.

내부에서 노대로 출입 불가능

민 원: 외부 ② 오픈(OPEN) 부위에 ① 시공으로 지적됨.

해 결: ② 뚫어 원위치 시키고 ① 시공 후 제출.

(바닥면적 증가가 가능)

내부에서 본 모습

② open 확보

① 창 신설

감리자는 허가권자의 말을 듣고 현장을 확인해서 당초 도면대로 재시공하여 사진으로 제출하였다. 자세히 들여다본 결과, ①은 왜 처음부터 노대로 출입이 불가능한, 넘

어가기 어려운 창문 높이의 규격임에도 초기 건축허가가 났을까 의심된다. 나중 사용승인 전 현장 확인 시에도 자칫 지나쳐 버릴 그런 높이로 시공되었으며 항공측량에도 절대 걸리지 않을 법한 위치에 놓여 있는 노대이다.

그런데 그 후 또 다른 일이 발생했다. 사용승인 신청을 하여 업무대행건축사를 요청해 놓은 상태로 첫 번째 지정된 업무대행 P 건축사가 현장조사 · 검사를 하러 현장에 나온다고 이사께 연락을 받았다. K 이사는 잠시 후 나에게 전화를 다시 걸어 내가 어디에 있는지 묻더니 업무대행건축사가 바뀌었다고 하는 것이 아닌가.

"P 건축사가 아니고 B 건축사로 업무대행건축사가 바뀌었는데 그는 현장 가까운 곳에 있어 한 시간 내로 오기로 하였으니 제가 가겠습니다."라고 했다. 나는 갑자기 한 시간 내에 현장으로 갈 수가 없었다. 이사는 그에게 현장 안내를 하고 이후 사용승인이 되었다고 말하였다.

의문이 생겼다. 처음 업무대행건축사는 왜 바뀌었으며 나중 업무대행은 하루 남짓의 여유가 있음에도 불구하고 어떤 연락을 받고 그리 빨리 왔는지…. 2019년 1월에 있었던 일인데 아직도 그의 순발력이 놀랍다. 이때는 11기 업무대행 기간이었다. 수완이 좋은 K 이사는 별도의 개인 사무실을 가지고 있다고 하였다.

두 번째 사례는 건축주와 시공자가 동일한 건축사사무소 L이사가 주관한 건이다. 설계변경이란 부득이한 경우 있을 수 있지만, 많이 하면 정신이 없어진다. 일예로 삼풍백화점 구조계산을 했던 대학원의 L선배는 실력 있는 사람이었다. 그런데도 삼풍백화점은 붕괴했는데, 그 이유는 처음 적용된 '무지주 공법' 구조해석이 다수의 설계변경을 하는 동안 설계변경 위치가 계속 바뀌어 감에 따라 처음 위치를 놓쳐 버린 경우라고 들었다.

이 현장은 감리 계약을 할 때 이미 1차 설계변경을 접수한 상태였고 결국 4회까지 설계변경을 했다.

대지 조건은 25m 도로에서 경사로를 따라 우회전하면 3m 막다른 도로에 이르고 북쪽 주출입구 한 개를 통해 출입할 수 있으며, 대지가 도로에 접하는 길이는 5m이다.

대지 형태는 부정형이고 평면상 남북으로 19.5m, 동서로 짧은 면 7.5m, 긴 면이 15m, 대지 레벨의 차이는 아래 그림에 표시하였다.

지적도

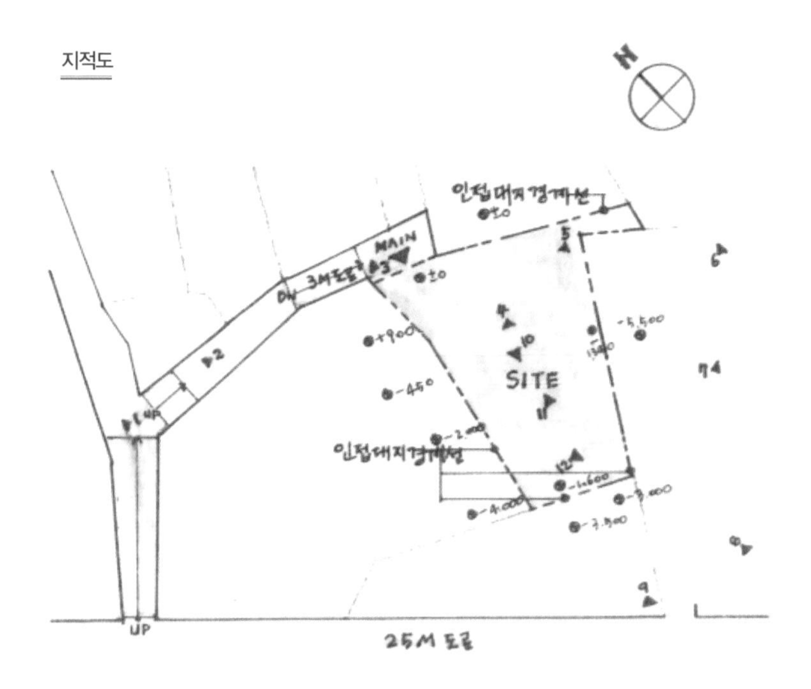

현장사진

1

2

3

4

5

6

7

8

9

10
DOOSAN

11

12
LG

시공 조건이 어려운 대지였다. 가뜩이나 안전사고가 많은 요즈음 내가 맡은 현장은 갈 길이 구만리였다. 지하 1층, 지상 4층 규모였지만 3면의 레벨차로 인해 시공조건이 좋지 않았다. 부실한 토목 평면도 한 장으로는 지하층 안전사고가 염려되어 꼼꼼하게 감리해야 했기에 나는 해당 대지에 부합하는 토목도면(평면도와 단면도) 보완을 요구했다. L이사는 토목 도면을 그린 곳에서 시공을 하지 않게 되어 도면보완이 어렵다고 하였다.

보통 건축물이 작을수록 상세도는 없고 기본도면만 가지고 골조를 맞추는 형편이다. 설계자는 시공 중 내용이 바뀌어도 일괄처리 하겠다며 도면 수정 없이 끝까지 가는 경우가 허다하다.

나는 여러 현장 소규모건축물 감리를 하며 색다른 체험을 했다. 고정된 도면을 사용하지 않고 현장에서 이것저것 바꾸는 것에 늘 심각성을 느끼며 힘들어 했다. 또한, 건축주와 시공자가 바뀌는 새로운 현장이 생길 때 마다 스트레스는 하루하루 가중되었다.

처음 시작부터 삐걱거리기 시작했다. 그로부터 약 한 달의 시간이 흘렀으나 대답이 없어 내용증명을 보냈다. 내용증명은 한참이 지나 다시 반송되었다. 집배원이 3~4회 반복해서 송달하려 했으나 수취인이 끝내 받지 않아 두 명의 건축주 중 한 명과 현장관리인에게는 송달되지 못했다.

3차 설계변경 내용은 다음과 같다. 초기 설계한 다중주택 지하 6호에서 북측 2호를 줄여 4호로 만든 대신 다락이 신설되었다. 지하층은 결국 토목 흙막이 위치와 기초층 구조가 모두 바뀌었다. 토목도면은 초기 도면과 거의 동일했다. H 형강에 띠장 길이만 덧붙여 그려졌다. 변경 내용 중 당초 지하층 기초와 1층 바닥(지하층 2호 없어진 부분 상부) 기초로 두 번 나누어 철근배근을 하고 그에 따른 감리를 해야 했다.

흙막이 공사는 처음 토목도면보다는 길이를 더 늘려 시공했으며 막다른 도로에서 출입하는 장비출입이나 지하층을 공사하는 기간 동안 북측 민원 대비는 좀 수월해졌다.

변경 전, 후 평면과 단면

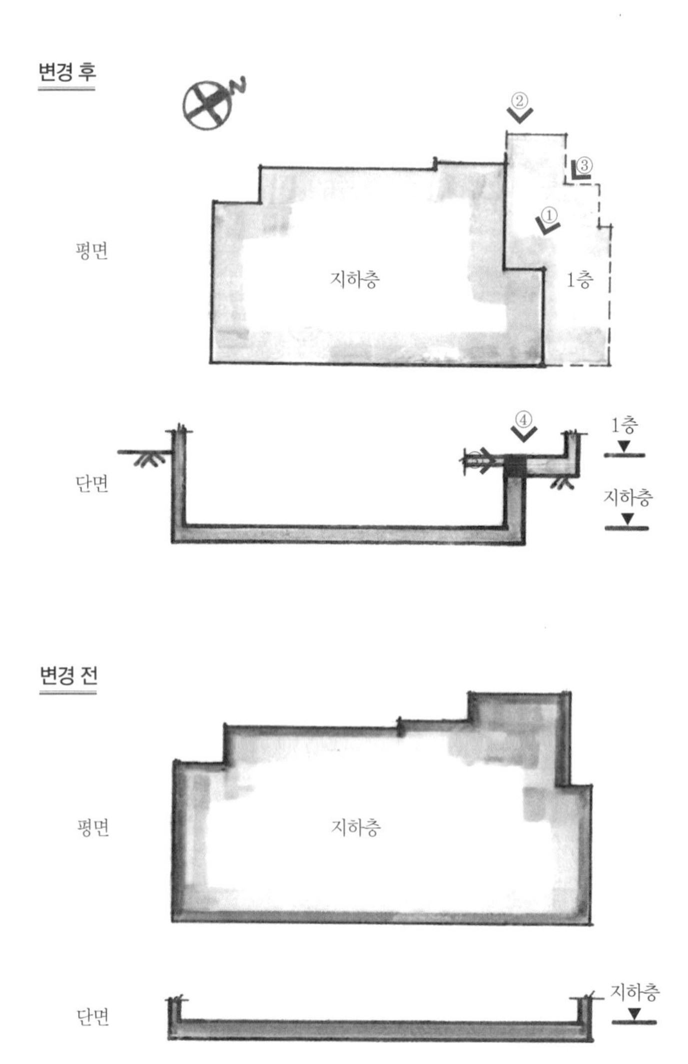

단면상 기존 지하층과 연계하여 1층 하부에 다시 한 번 이어치는 두 번째 기초는 지하층 옹벽 철근과 연계하여 사진처럼 시공하였다. 이때는 현장관리인이 있어 도움이 되었다. 그러나 그는 전체 옥탑층 골조가 끝나기도 전에 건축주에게

"너는 누구 편이냐? 자신에게 도움 되지 않으니 이제부턴 현장을 나오지 말라."는 말을 듣고 더는 현장에 나올 수 없다고 하였다. 현장관리인이 있을 때는 미리 해당 공정에 대해 감리자의 지적사항이나 주문을 알아듣고 반영해 주었으나 현장관리인이 떠난 이후 소통에 큰 어려움을 겪었다.

현장대리인이나 현장관리인은 신고서류에 적시된 사람과 현장에 있는 사람이 동일해야 함에도 현실은 그렇지 않다. 공공어린이집 감리도 그러했고 소규모 감리도 이런 경우가 대부분이다. 때론 규모에 따라 법적 해당이 되지 않는 경우도 있으니 이에 대한 적정한 대책도 있어야 한다. 일정 규모 이상의 건설업자 시공은 '현장대리인' 호칭을 사용하고, 소규모감리에서는 '현장관리인'이라는 용어를 사용한다.

빙넌상 설계변경 된 다락 3개 중 2개호 관련이다. 도면상 콘크리트벽이나 자재 반입을 한다는 이유로 뚫어 놓고 옥탑 1층 바닥에서 직접 출입이 가능하도록 시공을 했다. 옥탑 1층 벽 거푸집을 해체한 후 확인하니 벽을 미리 뚫어 놓았는데 이를 조적벽으로 시공하면 일괄처리 대상이 되는 것인가?

'일괄처리'는 도면 관련 경미한 변경으로 사용승인 시 전체적으로 도면에 표현하며 허용오차는 시공 관련, 높이, 두께, 너비 등 해당 부분을 법으로 허용해 준 것인데 현장에선 이를 악용해 의도적으로 이렇게 시공하고 있다. 설계변경을 네 번이나 했지만, 결국은 출입이 가능할 것이다.

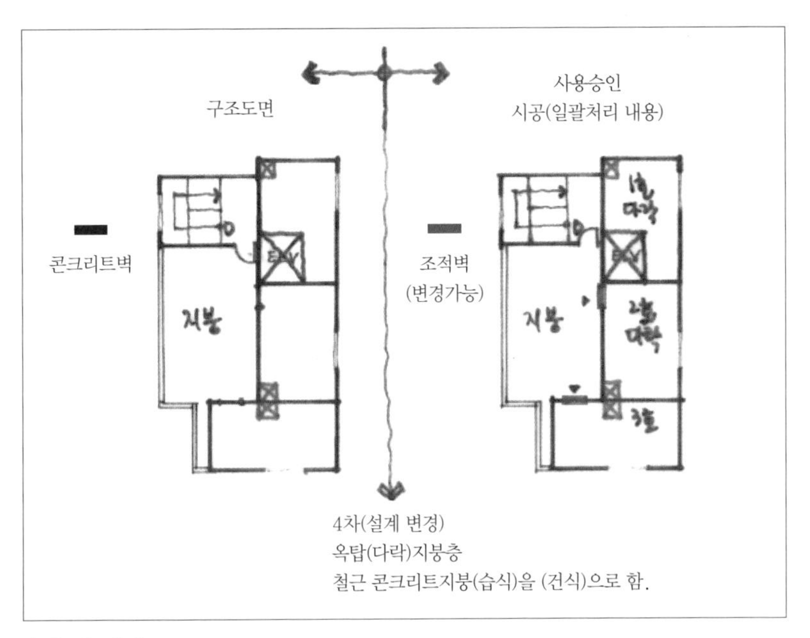

옥탑 1층 평면도

정확한 도면은 왜 필요한 것인가? 비상주 감리 업무수행

은 주로 각층 바닥 배근 완료 시점에 하게 되는데, 이 경우 반드시 상호 간에 신뢰가 있어야 한다.

바닥을 확인할 때에는 이미 벽이 거푸집으로 막혀 있어 확인이 어렵다. 시공자(건축주 포함)도 책임을 느끼고 도면대로 관철해야 하며 그들께 원상회복의 기회를 주어야 한다고 본다. 2부 '업무대행'에서도 감리하기 어려운 부분을 구체적으로 언급하였다.

옥탑 지붕 층은 다락 층의 뚜껑으로 감리자가 말하지 않더라도 사전에 통지를 하고 덮는 것이 상식이다. 다락 층 바닥 배근이 끝나고 45일이 지나도 지붕을 덮지 않아 시공할 때는 반드시 나에게 알릴 것을 요청했지만 연락이 없었다. 건물 북서쪽과 서남간 2개소에서 민원이 있다고 구청에서 연락이 왔다.

민원은 담장 높이와 안전에 대한 내용이었다. 민원은 건축주 몫이니 감리자인 나는 지붕 해결이 문제였다. 나는 현장을 가 보고서야 옥탑지붕의 실태를 알게 되어 설계변경은 추가되었다. 토목공사 시점부터 '감리 포기'를 생각했지만, 몇 년 전 같은 구에서 일하던 건축사가 내용도 모르는 채 타인이 포기한 감리를 시공 도중에 수임해 곤혹을 치르는 걸 직접 본 적이 있었다.

구조체의 시공을 도면대로 하지 않고 가볍게 생각하고 변경해 버리면 절대 안 된다. 1년에 30동~100동씩 설계했다는 이사는 과거 습관으로 사용승인 도면만 현장과 맞추면 된다는 생각이었으나 나는 이를 묵과할 수 없었다. 매번 문제점을 시정하라고 요청했고, 이외에도 변경되는 부분에 대한 도면을 받을 때마다 자꾸 따져 보아야만 했다. 그는 나를 유별나게 생각했다. 지적할 때마다 공사 기간은 지체되었고 결국 업무대행일까지 13개월이나 걸렸다.

건축물에서 허용되는 높이의 오차는 최대 1m를 초과할 수 없다. 1회 설계변경 때의 건물높이 11.25m가 4번의 설계변경을 거치는 동안 결국 13.64m가 되었다. 설계변경된 차수별 합계의 높이가 2.39m 높아졌다면 한 층이 높아질 수도 있다. 이런 행태는 지양해야 마땅하고 계속 남용되지 않기를 바란다.

건축사의 직무윤리에 벗어나지 않게 일해야 했다. 나는 지금까지 억지로 돈이 되는 도면을 그리거나 문제가 될 것 같은 일은 처음부터 수임해 본 적이 없다.

세 번째 사례는 건축주와 시공자가 동일인이며 다락층이 있는 건이다. 그 동네에서 여러 채 집을 지어 팔은 그는 돈 버는 방법은 벌써 체득하고 있었다. 그러나 여기도 문제는 다락이었다. D 지자체는 유독 이런 사례가 많다.

이 집의 다락은 허가를 받을 때부터 주계단 참에서 주 출입을 하게 되었으며 심지어 북측 일조권 해당 영역에 커다란 창문을 두어 지붕 층 바닥에서도 직접 출입이 자유로웠다. 평면도상 아래층에서 다락으로 올라가는 수직계단도 없었다.

도면대로 감리하고 싶어도 내가 알고 있는 해석과는 사뭇 달라서 입법 취지대로 따져 볼 일이었다. 목소리 크고 꼼수로 불법을 적법화하려는 사람들을 나는 좀 저지하고 싶었다. 하는 수 없이 지자체에 가서 확인했더니 허가부서 K 팀장은 그렇게 허가가 나갔을 리가 없는데 기억이 나지 않는다고 했다.

다락 설계변경 과정

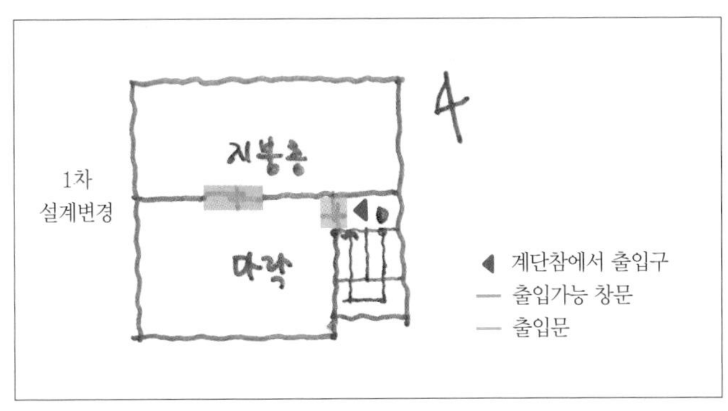

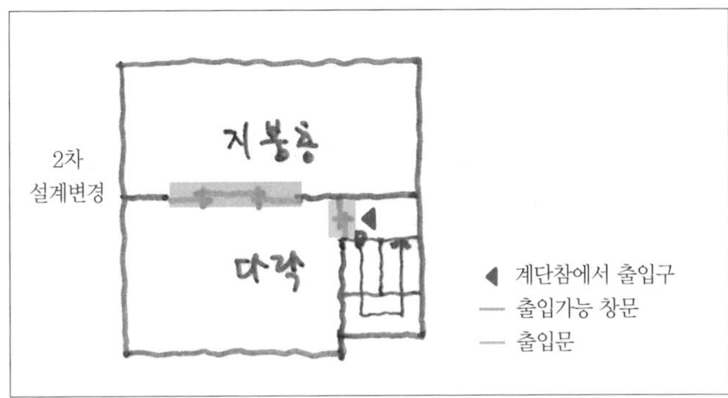

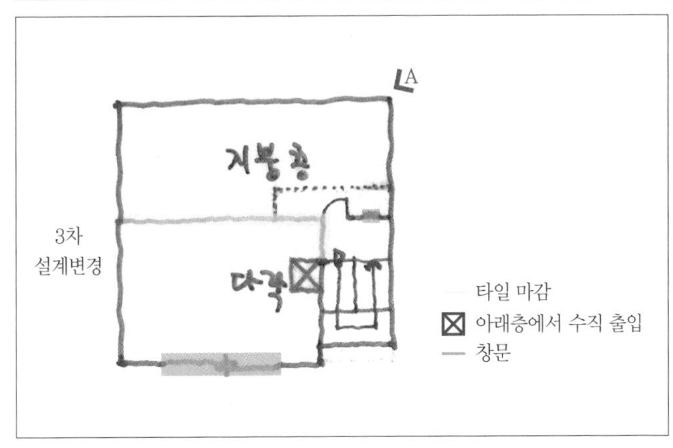

다락이란 평평할 때 높이 1.5m까지, 경사질 때 높이 1.8m까지는 바닥면적에 산입하지 않으며 외부에서 직접 출입이 불가하고 아래층 내부에서 수직으로 올라가야 한다. 또한 수납을 고려하여 주된 아래층의 부속된 창고의 용도로 사용할 수 있게 한 것이 법의 취지라고 알고 있다. 그들은 이 부분을 악용하여 다양한 불법적인 경로를 연구하며 경제적 이익을 얻는다. 이 현장은 3차 설계변경을 하여 감리를 마무리하였다. 바르게 하고 싶은데 머리가 아프다.

A에서 바라본 시공 중 사진

나는 소규모감리와 관련하여 이것만은 방지책을 논해야 한다고 생각한다. 첫째, 앞서 언급한 사례처럼 평면상 일조권 적용으로 후퇴되는 층에 대하여 벽 마감과 관련하여 면적을 늘리거나 세대수 증가와 같은 불법을 사전에 막을 근본 대책이 필요하다고 본다. 과거의 관행은 미리 배관을 인입하여 눈속임으로 은폐해 현재의 도면대로 맞추고 사용승인을 득한 후 해체, 재시공하고 이행강제금을 내는 방식이었다.

둘째, 다락은 허가권자들이 허가 시부터 반드시 확인하여야 한다. 25개 구 중 다락 설치가 되는 곳이 있고 안 되는 구가 있다. 이 때문에 현장에서 혼란을 겪는다. 감리 시 다락에 대한 법의 취지에 부합하지 않게 허가된 것은 도면 그대로 시공해도 되는지에 대한 문제가 발생하는 것이다.

셋째, 일괄처리 내용 중 예외조항을 명시하면 좋겠다. 내력벽의 유무도 구분이 필요하므로 조적이 가능한 경우는 처음부터 오픈되어야 하며 "구조계산서상 콘크리트는 일괄처리 후에도 콘크리트여야만 한다." 등의 명확한 문구 말이다. 면적 증가, 또는 높이 증가가 층수 증가로 이어지지 않기를 바란다.

/ 이행강제금에 대하여 /

세상은 지금 분야별로 투명해지고 법규 또한 촘촘해지고 있다. '양성화'란 보통, 시공 후 10년 정도 지날 무렵 관행에 의해 해당 시점의 법규에 약간 어긋나더라도 해당 시점에 잠정규정을 설정하여 정해진 기간 내에 도면을 제출받아 확인 후 처리되면 건축물 관리대장에 찍힌 위반건축물이 적법화되는 것을 말한다.

이는 대부분 선거 기간에 맞추어 선심 쓰듯이 하는 방법인데 이젠 그만할 때가 되었다. 흔히 파는 집을 만들어 이익을 남기는 사람들은 이행강제금을 낼 생각을 하고 시공 시 미리 연구하여 불법 건축물이 가능해지게 짓는다.

그래서 이들은 사용 승인만 받으면 즉시 불법을 자행한다. 일정 기간만 이행강제금을 내고 버티다 보면 양성화 조치로 정상화될 수 있고 전 · 월세를 받는 것이 이행강제금으로 인한 손실을 충분히 만회하고도 남을 이익을 주기 때문이다.

이행강제금은 2019년 법이 개정되어 종전과 달리 시정명령이 이행될 때까지 계속 반복하여 부과 · 징수할 수 있게 되었다. 이건 사실 처음부터 말이 안 되는 이야기였다. 신축 시에 적법하지 않아 인정받지 못한 부분에 대하여 위반한 사람들이 오히려 경제적 이득을 보고 결국 후일에 적법 건물로 인정받는다? 이런 부류가 더 많아지게 되면 법을 모범적으로 지키는 사람만 멍청이가 된다. 법을 잘 지키는 그들은 비교적 말이 없다.

한번 위반 건축물이면 건축물 매매 시 상당한 불이익을 당하도록 영원히 위반 건축물로 남거나 원상복구 하여 적법 건축물이 되어야 한다.

갑질의 원조

2011년 연말, 한 시행사와 설계계약을 했다. 지구단위 계획 지침상 공동주택 650세대가 가능한 단지에 인허가를 얻는 조건이었다. 시행사와 일할 기회는 많았지만 직원 수도 적고 계약과 동시에 전념해야 하며 부수적인 일도 헤아릴 수 없이 많이 따라다니기에 사실 이와 같은 일은 지양하던 때였다.

도시계획이 건축보다 상위법령에 있기에 항상 도시계획과 연관된 일은 시간과 품이 많이 든다. 이듬해 정초부터 지구단위계획 상향을 위해서 몇 개의 예비안을 만들어 결정된 대안으로 프레젠테이션을 준비해야 했다. 초기 단계에서 무한한 노력이 필요하다. 참고로 지구단위계획 상향은 세대수 증가, 용적률 상향, 층수 증가 등으로 사업성을 키워 시행사의 이익 증대를 위한 것이다.

해당 대지는 원초적인 문제를 갖고 있었다. 주택단지와 공동주택 단지 위치가 바뀌어 북쪽에 주택단지가 자리하고 있었던 것이다. 아무래도 지구단위계획을 초보가 한 듯하였다. 흔히 말하는 일조권 때문에 단독주택이 불리한 입장이었다. 용도상향을 위해 통과해야 하는 모든 위원회를 납득시킬 수 있는 설명을 해야 했고, 그에 따른 충분한 보조 자료가 필요했다. 아파트 주동의 배치를 다각도로 연구하여 적법한 배치를 하였으나 통일성이 없어 내 마음에도 들지 않는 그런 땅이었다.

나는 용도 상향을 해 2013년 1월에 848세대로 사업계획 승인 접수를 하였다. 지자체가 건축주고 시행사는 건축주와 계약한 용역업자이며 나는 용역업자와 설계계약을 하였다. 접수 시 지구단위계획 변경 중이었으므로 법리 해석상 절차상의 하자에 해당되나, 나는 계약자의 강요에 의해 접수를 하게 된 것이다. 그들은 알면서 사업승인 접수 후 주택기금을 신청할 목적으로 미리 요청한 것이었다.

2013년 12월 지자체에서 838세대로 결정고시가 났다. 통상 처리 기한이 60일 정도인데 접수 기간이 매우 길었다. 계속 지체되면 감사대상이 되고 결정고시 전 650세대 이하인데 848세대로 접수를 했으니 부적합 보완을 받았다. 그동안 사업계획승인 접수일자와 지구단위계획 내용의 불일치 등 모든 항목의 사유로 취하를 권장받았다.

그러나 이런 어려움에도 나는 2014년 1월 20일 지자체 상급기관에 822세대로 사전승인 접수를 하였으며 2월 19일 1차 심의, 3월 6일 재심의 접수하여 3월 18일 조건부로 통과된 후, 4월 14일 건축위원회 심의결정서를 통보받았다. 결국 나는 처음 계약했던 지구단위계획 조건 650세대보다 많은 172세대를 증가하여 약속을 지켰다.

내가 심의를 득한 후 시행사와의 해당 건을 종료할 때까지 장장 60개월은 족히 걸렸다. 시행사는 지자체와 협의

하는 동안 시행사 비용과 지자체 택지비 등을 상계하고 정산하기 위하여 서울의 Y 건설회사를 선정하여 블록을 팔았다. 지자체가 시행사에 돈을 주고 시행사가 나에게 설계비 지급을 하는 구조였기에, 나는 시행사와 지자체를 대상으로 소송을 했다.

결국 지자체가 시행사에게 정산금을 지급할 때 시행사는 나에게 최우선 변제를 하기로 하면서 끝을 보았다. 물론 말도 안 되는, 계약금의 절반도 안 되는 금액으로 협의했다. 기간에 치른 법무비용은 물론, 서울에서 왔다고 배타적인 지방 풍토에서 득하기 어려운 심의과정, 출장에 걸린 시간과 비용 등을 환산해 볼 때 결국 마음만 상하고 세월만 보낸, 손해가 지대한 일이었다.

소송을 결성하기 바로 선단계인 이야기는 지금부터다. 시행사는 나와 Y 건설사에 설계를 연계하여 수임할 수 있도록 추천하여 주면 설계비 정산이 끝난다고 생각하였다. 시행사와 지자체로부터 '블록'을 넘겨받기 전 사업성을 검토하는 Y 건설회사는 나와는 두 건의 공동주택 설계를 한 적이 있는 곳이었다.

Y 건설회사와의 첫 건은 2001년 부천 소사에 땅을 사서 건축을 하던 중 도시계획이 변경되어 도로로 계획되어 사업을 취소해야 되는 경우였다. 내가 끈질기게 달라붙어 23층 244세대에 대해 사업승인과 사용승인을 받아 주었다. 이후 2003년 15층 147세대에 대한 설계계약을 해서 종료해 준 적도 있었다.

세 번째 건은 나의 피땀이 송두리째 빼앗긴 경우다. 계약서가 3~4회 오가 본계약 직전이었다. Y 사가 내건 조건은 "용역비 결재 방법"을 6회로 나누되 과거처럼 60일 어음결제 하겠다는 내용과, 자신들이 선정한 외주업체를 써야 한다는 것이었다. 나는 두 가지 모두 마음에 들지 않았다. 5년간 함께 일한 외주업체에 제때 정산을 해 줄 수 없는 조건이었으며 해서는 안 되는 계약이었다. 결국 계약은 무산되었다.

그들은 그들 나름대로 나와 계약하지 않은 결정적인 이유로 우선 사무실 직원이 적다는 것, 자신들의 업체를 쓰도록 권유했으나 호응하지 않았다는 점, 계약 전 또 다른 배치안을 계속 요구했는데 불응한 점을 들었다. 반대로 내가 계약하지 않고 싶었던 이유는 비교적 오래 고민할 필요도 없는 내용이었다.

외주업체는 같이 일했던 곳들과 당연히 협업해야 하며 아직도 낡은 관행대로 어음처리를 한다는 점, 해당 건을 위해선 인력을 충원해야 하는데, 이전처럼 어음을 교환해 급료를 주는 건 말도 되지 않았다. 그리고 공사가 모두 끝나면 사용 승인 시 도면정리를 하기 위해서 10%의 미결재금은 꼭 남기는 관행이었다. 세월이 흘러도 대형 건설사는 십수 년 전과 똑같았다. 지금 생각하면 그들과 계약을 안 한 것이 천만다행이다.

건설회사는 결국 타 건축사사무소와 계약을 했고 나는 갑자기 종결된 것에 대해 담당자에게 말씀도 드리고 물심양면으로 도와준 이들의 안부도 궁금해 인사라도 드릴 겸 지자체에 갔다. 그런데 내가 접수한 서류를 검토하던 분이 Y 사와 설계를 계약한 거 아니냐며, 내가 제출한 업체명의와 똑같은 토목 외주도면이 그대로 제출되어 시공되었다고 하는 것이 아닌가. 더구나 이미 나의 도면으로 지하층 시공은 끝나 지상층을 하고 있던 시기였다.

명백한 도용이었다. 모를 것이라 생각해 남의 도면을 그냥 말없이 사용한 양심 없는 S 건축사사무소 W 건축사의 저작권 침해였다. 일조권 분석, 단지 내 교통영향평가 등 그 외에도 많이 사용했으리라 본다. 나에게 이 건설회사를 소개했던 지인이 나서서 중재를 강권했다. 결국, 반도 안 되는 턱없는 금액으로 합의하고 그냥 그렇게 끝이 난 일이다.

그런데도 언젠가는 그 늙은 건축사 얼굴을 볼 기회가 꼭 있을 것만 같다. 빚 없이 잘나가며 가족이 경영하는 큰 Y 건설회사인데, 턱없는 설계비와 최악의 조건을 들이밀며 "어디 하려면 해 봐!"라는 횡포로 살아온 그들이 영원한 갑으로 언제까지 살아남을 수 있을까? 줄 것 주고, 받을 것 받는 것이 상도덕이다. Y건설사와 S건축사사무소는 시대의 변화에도 여전히 승승장구할지 여전히 답답하기만 하다.

다음은 함평군 대동면 종합복지센터와 관련된 이야기이다. 내가 태어난 동네에는 내 작품이 하나라도 있기를 바랐다. 지금은 고인이 되셨지만 어머니가 요양원에 계실

때라 자주 가야 할 형편이었다.

이때 공모 심사위원으로 초등학교 동기 한 명이 들어갔다. 공사에 재직 중인 이사였다. 나는 그가 심사위원이라는 것을 다른 친구를 통해 들은 지 몇 시간 안 되었고, 그 친구도 물론 내가 응모한 것을 몰랐었다. 끝나고 나서야 들은 이야기다. 심의는 퇴근시간 6시가 넘어 7시에 끝났다고 했다.

이유인즉슨 처음엔 분명 내가 1등이었는데 심사위원 일부가 심사를 다시 하자고 하여 옥신각신하다가 당초대로 결정되어 늦어졌다고 했다. 분명히 기억하는 건 현상공고 금액보다 낮은 수준의 계약금으로 계약했다는 것이다. 공공건축물 설계단가에는 한참 못 미치는, 일반 민간인 수준의 적은 금액이었다. 지금까지도 의문이 드는 점이다. 그러나 나의 고향이라 더 이상 알려고 하지도 않았고 묻지도 않았다.

그러던 어느 날, 우연히 검색을 하다가 내 작품이 인터넷에서 팔리고 있는 것을 발견했다. 현대건축사 CONCEPT

97호에 실린 이미지인데, 현대건축사에서 원작자와의 동의 없이 저작권을 양도한 모양이다. 적어도 나에게 간단히 상의라도 했더라면 좋았으련만…. 시간 내서 또 소송을 해야 할지 생각 중이다.

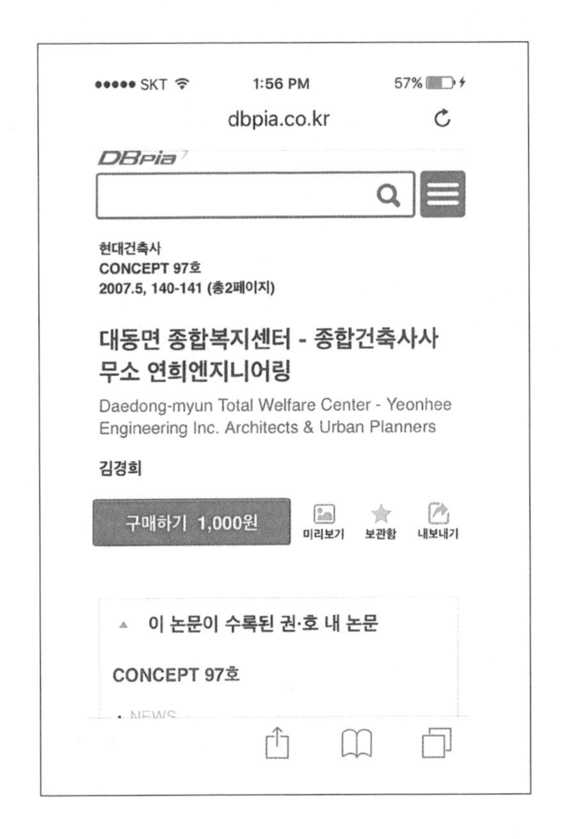

胡蝶之夢 호접지몽

나비가 된 꿈 : 인간과 자연이 한몸이 된 일체의 경지

생태계의 아름다움과 소중함을 체험하는 나비축제의 장(場)
함평에서 자연과 인간의 화합과정을 건축언어로 해석하여 모두가 하나됨을 구현해 보고자한다

함평 조감도

건물 유지관리비

내가 2003년부터 입주해 있는 여의도 사무실 건물 이야기다. 어느 날 관리소장으로부터 연락이 왔다. 건물의 건축물 유지관리 비용에 대한 견적을 제출하라는 것이었다. 내가 입주한 건물이니 더 섬세하게 봐줄 수 있을 것이라 생각했기에 흔쾌히 제안을 받아들였다.

우리 건물의 용도와 시설규모에 따라 협회에서 받았던 표를 기준으로 유지관리 비용을 산정하니 158만 원 이었다. 그러나 관리자는 90만 원 견적을 받아 놓은 것이 있으니 더 깎자고 요청했다. 그러자고 했지만, 89만 원을 받자니 자존심이 구겨졌다. 어떻게든 적은 돈으로라도 수주를 하려는 사람들, 그들은 어떤 생각으로 그 비용으로 일을 하려 했던 걸까? 나는 제안을 거절하고자 마음먹었다.

유지관리는 건축법 시행령 제23조의2(정기점검 및 수시점검 실시)에 의거 "사용승인일 기준으로 10년이 지난 날부터 2년마다 한 번 정기점검을 실시하여야 한다."는 적용을 받는다. 2년마다 대지, 높이 및 형태, 구조안전, 화재안전, 건축설비, 에너지 및 친환경 관리 등에 대한 정기점검을 유지 · 관리 점검표에 준해 실시하고, 그 결과물로 보고서를 제출하여야 한다. 점검 가능자의 세 가지 유형은 건축사사무소개설신고자, 건축감리전문회사 및 종합감리전문회사, 건축분야 안전진단전문기관이다.

우리 집합건물은 11층짜리 7,454㎡의 연(총)면적이다. 압권은 며칠 뒤의 일이다. 성남의 한 업체에서 2년을 기준으로 60만 원의 견적을 제출했다. 이 업체는 위에서 언급한 세 가지 유형 중 어디일까. 덤핑으로 승부를 보려면 3개 유형의 업체 모두 가격이 비슷할 것이다.

소유자나 관리자의 목적은 단순하다. 저렴한 비용이다. 그러나 불시에 발생하는 재앙의 가능성과 후과에 관해서도 견적 따지듯 꼼꼼하게 따졌을까? 관리자는 그 업체와 계약을 맺었고, 지금까지 4년째 이어 오고 있다. 결국 관리자는 재난을 예방하기 위한 관리비를 60만 원에 위탁한 것이다. 결국 도장 값이라고 볼 수 있다.

이후 보란 듯이 작년 추석 기간 밤, 10층 관리실에 불이 났다. 다행히 관리사무소 직원이 전기 타는 냄새를 맡아 조기에 진화되었고 입주자나 건물주 모두 큰 피해는 입지 않았다. 연휴가 끝나고 출근하여 1층 현관에 들어오니 소방호수가 주계단에 걸쳐 있었고 탄 냄새가 진동했다. 물은 얼마나 뿌렸는지 계단실 바닥이 온통 젖어 있었다. 왜 알리지 않았느냐고 물으니 그냥 생각을 못 했다고 하였나. 10층은 수직선으로 내 사무실 위치와 같았기에 걱정되었다.

내 방은 온통 책과 종이로 가득하기 때문에 노심초사 문을 열었는데 다행히 사무실은 온전했다. 화재를 겪고 그날 사무실에 앉아 생각했다. 성남의 그 유지관리업체는 한 번이라도 온전히 우리 건물의 시설물 상황을 파악하려 했을까? 현장에 와 봤을까? 관리사무소에서는 해당 유지관리업체에게 화재에 대한 책임을 묻진 못했을 것이다. 어차피 페이퍼 비용이었으니까.

만약 내가 유지관리를 하는 동안 화재가 발생했다면 나는 어떤 마음이었을까. 지금 성남의 그 업체처럼 나 몰라라 하고 있진 않았을 것이다. 유지관리 계약을 하지 않은 것이 다행이었다. 유지관리 업무는 법을 시행한 지 몇 년 되지 않았다. 처음부터 법의 형식 요건을 충족하기 위해 서식에 따른 페이퍼가 오가는 업무라는 생각이 든다.

화재보험과 어떤 합의를 보았는지는 알려고 하지 않았다. 결국 화재는 원인 미상으로 끝났다고 들었다. 유지관리의 법적인 책임은 어디까지 있는 것인가? 서류 제출로만 끝난다면 나도 생각을 긍정적으로 바꾸어야 하지 않을까? 남들이 하는 대로 따라야 옳지 않은가? 계속 곧이곧대로 하면 할 일이 별로 없을 테니까. 하지만 나는 기질상 그렇게는 일을 못 한다.

법의 취지는 건축물의 소유자나 관리자에게 건축물의 유지 · 관리 의무를 강제하기 위한 것이지만, 현장에선 그저 요식에 불과하다. 법의 시작과 동시에 도장 값으로 처리되는 유지관리 관행이 만연하다는 것은 누구나 알고 있지만, 누구도 이 법의 유명무실함에 대해 시정하려 하지 않는다.

/ 유지관리와 공개공지는 어떤 관계일까? /

해당 건물의 사용승인 조건에 포함된 공개공지는 본래의 법 취지가 잘 적용되어 관리되고 있는지 유지관리대상에 포함되어야 한다.

사업자는 법에 의해 인센티브를 받고 공개공지를 보행자에게 제공하는 만큼 건축가들은 적극적인 계획을 하여 공공의 외부공간으로 사용될 수 있도록 하여야 한다. 강남, 전철역과 근접한 공개공지는 사진처럼 거대한 장의자와 화분으로 막아 그들의 정원으로 이용하고 보행자들은 사용할 수 없게 닫아 버렸다.

공개공지이지만
외부인 사용을 막아놓은 사례.
언주역 주변.

건축법 시행령 제27조의2 ⑥항에는 "공중이 해당 공개 공지 등을 이용하는 데 지장을 주는 행위를 해서는 아니 된다."라고 되어 있는바 당초의 취지대로 열어 놓기가 필요한 부분이다.

국회는 법을 만들고 정부는 시행령과 시행규칙을 만든다. 한국의 건축 관련법 대부분의 취지는 훌륭하지만 현장에선 이 법의 허점을 비웃기라도 하듯 요식으로 때우는 것이 많다. 제정만 있고 온전히 감독할 수 없다면 법은 도대체 왜 만드는 것인가?

위험의 외주, 안전의 위탁

최근 언론에선 '위험의 외주화'라는 말을 자주 사용한다. 지하철 스크린 도어 점검을 하던 청년이 사망하고, 화력발전소 벨트를 점검하던 노동자가 사망한다. 모든 안전수칙을 다 지켰음에도 매달 빚어지는 이 참극 뒤엔 값싼 외주비용으로 두 사람이 해야 할 작업을 한 사람이 하는 외주 시스템이 자리하고 있다. 안전 불감증이라는 말로 치부할 수 없는 일이다. 그런데 옥외광고물의 안전에 대한 위탁업무 또한 제도의 빈틈에는 어김없이 위험이 도사리고 있다.

나는 2개 구에서 광고물 위탁관리업무와 관련된 일을 했다. 10여 년 이상 광고물 심의위원을 하면서 광고물 또한 건축물에 버금가는 도시의 문화요소라고 생각했었다. 지금도 그렇지만, 색깔 · 재료 등이 건축물과 조화로워야 하고 부착 위치도 중요하다. 광고물 역시 건물의 중요한 디자인적 요소이기 때문이다.

그러나 이보다 더 중요한 것은 안전이다. 실제로 우리 구는 내가 처음 위원으로 일할 때와 비교해 보았을 때, 모나게 보이는 광고물은 적어졌고 미관도 유지관리도 좋아지고 있다. 물론 아직 갈 길은 멀다.

아마 현장에서 문제 인식을 지니고 대안을 생각해 왔던 관련자들은 내 말에 공감할 것이다. 내가 현장에서 느꼈던 문제점에 대해서는, 시간이 지나고 10년 후쯤엔 항상 시정 움직임이 보이곤 했다. 생각은 앞서지만 혼자 할 수 없는 일이었기에 실행 가능한 사람들을 만날 때마다 의사 표시를 해 왔다. 지금은 신축할 때 건축물 입면에 광고물 붙이는 위치를 미리 고려해 계획한다.

내가 광고물 심의위원을 하고 있는 Y 지자체에서 벗어나

D 지자체에서 새롭게 광고물 위탁관리업을 시작했다. 기존 관련업체에게 2천만 원을 투자해 중고 장비를 인수했다. 그러나 거리가 먼 건 둘째 치더라도 부수입은커녕 적자였다. 내 주업이 건축사였기에 그나마 다행이었다. 시간 대비 기름 값도 남지 않을 정도였다.

그도 그럴 것이 지역광고물 협회가 있었다. 지자체는 지역 광고물협회에게 유리하게 일감을 정해 주었다. 어디에서나 얼굴을 자주 비치는 쪽이 유리하다. 난 6년 동안 담당자가 바뀔 때마다 이름만 인지할 뿐 한 번도 담당자를 찾아간 적이 없다. 서류는 팩스로 받았고 업무 처리 후 제출 서류는 우체국을 통해서 보낸 후 확인했기 때문이다.

간판 정비나 해당 사업을 하는 경우 심사나 심의를 할 수 있으므로 '사익을 위해 유관업무를 이용해 공정성을 해치는 이해 충돌'을 방지하기 위하여 미리 광고물심의위원직을 사퇴했다. 그 후 Y 지역 "안전도 검사업무 위탁자 선정 모집공고"에 신청하여 위탁관리업체로 선정되어 2015년부터 현재까지 Y 지역 광고물 수탁관리업을 하고 있다.

위탁관리업체가 되면 광고물의 설치와 시공이 모두 가능하다. 검사 항목에 따른 조사 결과와 안전점검 검사서를 작성하여 광고주에게 보낸다. 지자체에는 현장사진과 함께 부대서류를 포함하여 제출하고 있으며 나는 조사 검사만 하고 설치 · 시공은 안 한다. 나의 주업은 여전히 건축사업(業)이다.

벌써 위탁관리업도 10년째다. 광고물 위탁관리업은 해가 갈수록 신경 쓰인다. 갈수록 이상기후 현상이 늘어나고 있으며 태풍이나 눈의 위력이 엄청나다. 주먹구구식으로 설치된 광고물은 걱정이 앞선다.

광고물마다 1회 연장시 3년간이며 옥상간판은 구조계산서가 없는 곳이 99%이다. 오래된 광고물은 신규허가를 몇 년에 받았는지도 모르는 광고주들이 대부분이며, 철골재는 구조적인 내력보다는 시공성을 생각해 보강재인 가새를 일하기 좋게 잘라 버린 곳이 많다. 특히 내가 맡은 구역의 옥상광고물에 대해서는 안전을 위하여 연도별로 차근차근 정비 중이다.

간판은 내구연한을 고려하여 사용 재료, 무게의 한도, 주벽과 관계되는 연결 철물의 길이, 개수, 최대 허용 크기 등을 결정하여야 한다. 그럼에도 불구하고 옥외광고물 대부분은 건물의 구조, 마감재 등과 관련 없이 연결철물로 긴결하여 앵커를 박아 매다는 방식이다. 광고주들은 다른 간판보다 자신의 것이 눈에 더 잘 띄어야 한다는 일념으로 간판을 돌출시키려 고민할 뿐이다.

몇 년 전 서울시 사복 경찰관과 오래된 동여의도 상가 옥상에 있는 몇 십 개의 가스통을 점검하러 간 적이 있다. 경찰관은 나를 보고 "서울 25개 자치구에서 위탁관리를 하는 건축사는 처음 본다."고 했다. 건축사들은 이 일을 하지 않는다.

우선 이 일이 건축사의 업무영역이라는 것도 모르는 경우가 많다. 옥외광고물 등의 관리와 옥외광고 산업 진흥에 관한 법률에 의거 건축사들의 업무이다. 건축사협회 차원에서 하면 이야기는 달라진다. 현재 턱없이 낮은 위탁비용은 근본적으로 상향될 수 있기 때문에 업무 영역을 늘려 전문가의 혜안으로 들여다볼 수 있기를 바란다. 간판도 여러 가지 현장 조건에 대응하여 세부적으로 연구하면 재미있겠다고 본다. 위탁관리업체의 직원 조건은 전기, 옥외광고, 건축기사가 포함된다.

또한 위탁관리에 필요한 보험비용도 나와 같은 건축사에겐 효용가치에 비해 많다고 본다. 옥외광고협회에서 회원에겐 연 24만 원 수준이지만, 나는 개별로 보험사를 적용하다 보니 이들의 3.3배 수준으로 내야 하고, 건축보다 하위 개념임에도 불구하고 보험 절차도 까다롭고 시일도 오래 걸렸다. 옥외광고회원이 되려고 한 적이 있다. 연회비 24만 원, 입회비는 6개월 선납하는 조건이었다.

내가 옥외광고협회에 가입하지 않은 이유는 그 절차의 비루함 때문이었다. 한참이나 후 해당일에 심사를 하여 이사회 의결로 결정한다는 이야기를 듣고 그만두었다. 건축사공제 조합에 확인하였더니 관련 보험은 없다고 하였다.

바람이 불면 걱정이 앞선다. 2018년 4월 10일, 순간풍속 20m 정도의 강풍이 중부 지방에 불어닥쳤다. 서울과 인천 등지에서 가로수가 넘어졌고 신축공사장의 철재와 마감재가 행인을 덮쳤다. 수많은 옥외광고물 중 돌출간판이 추락해 이날 하루의 강풍으로 기록적인 부상자를 남겼는데, 대구에서만 15건의 간판추락 사고가 있었다.

이날 가장 섬뜩한 장면은 높이 15m가량의 교회첨탑이 서울 등현초등학교 앞 인도를 덮친 것이다. 마침 학생들이 모두 교실에 있어 단 한 명만 부상당한 것이 천운이었는지도 모른다.

지붕 층 바닥은 옥상간판의 기초판이 되므로 신축 건축물은 구조계산을 계획초기에 반영하여야 한다. 점검 시 옥상간판은 기둥재인 H빔을 세우는 하부 기초판의 긴결부, 기둥과 보의 연결, 가새의 긴결, 부재 절단 시 남김 길이 등을 확인한다. 간판의 종류란 건물 벽에 가로나 세로로 붙이거나 땅 위나 옥상에 세우는 것들로 나뉜다.

이미 시공되어 연장만 계속되는 옥상간판의 관리 주체는 경과조치를 잘 모르는 경우가 많다. 허가권자는 안전도 검사 연장 시점에서 설치 몇 년 경과 후 구조안전 확인이 필요한지, 몇 년이 되면 철거할지에 대하여 구체적인 가이드라인이 필요하다.

어디서부터 손을 대야 할까. 건축법상 4m를 초과하는 공작물에 해당하는 옥상간판, 기 시공된 구조체를 실측하여 그린 적이 있다. 이것은 건축물 현황도가 없는 건축물을 실측하여 그리는 것보다도 훨씬 어려웠다. 구조기술사는 안전을 확인하여 그린 도면에 보강방법을 제시하였다. 체계적인 관리가 될 때 안심할 수 있을 것 같았으나 한 건으로 끝났고, 시공 후 확인하여 보니 반드시 공사 중 현장점검이 필요하다고 느꼈다.

최근엔 공장에서 찍어 내듯 일률적으로 단순해지는 경향이 있다. 이는 통일감이 아니라 획일화인데, 어떤 용어가 어울릴지. 거리의 세련미를 한 번 더 생각해 보자. “간판이 작아도 아름답고 멋져 보이게”. 점주의 혜안이 필요할 때다.

상생의 현장을 그리며

외국인 이주노동자가 많아지면서 한국의 전통적인 제조 공장과 건설현장에 어느덧 한국인보다 외국인이 더 많아졌다. 저임금 노동시장인 셈이다. 고정된 제품을 안정적으로 생산하는 제조공장은 외국인 노동자가 한국인 관리자에게 일을 배우며 숙련될 수 있는 조건이 있는 반면, 건설현장은 그렇지 않다. 새벽 인력시장에서 충원되는 외국인 노동자들은 대부분 건설 관련 지식 없이 기계적으로 일을 할 뿐이다. 교육받지 못한 노동자의 단기근로의 문제점은 현장에서 당장 품질 저하로 나타난다.

현장마다 똑같은 공정임에도 불구하고 시공업체에 따라 품질은 달라진다. 잘하는 업체와 못하는 업체가 확연하게 구분될 때마다 나는 현장 교육의 중요성에 대해 생각하곤 했다. 요즘 현장에서 각 공정 반장들이 하는 말이다. "좀 있으면 한국 사람들이 없어질 겁니다. 배우지도 않고 지원자도 없어요. 이 업을 이어 가려면 외국인 노동자와 같이 일해야 하는데 말도 안 통하고 앞으론 어떻게 해야 될지 모르겠어요." 사실 이런 이야기를 들은 지는 오래전이다.

과거엔 숙련노동자를 중심으로 초보와 경험자가 한 팀이 되어 공사를 했는데, 지금은 숙련된 한국인 노동자가 없어지다 보니 현장에서 교육·감독하는 시스템이 없어졌다는 것이다.

각 공정의 반장을 한국 사람들이 이어 간다면 현장에서의 의사소통도 좋고, 일자리도 늘어 일거양득이지 않을까. 예를 들면 현재 하고 있는 건설기술인 교육도 교실을 벗어나 현장 중심으로, 일반 노동자에게도 교육의 기회가 돌아갔으면 한다. 공사 규모에 따라 정해진 기술자에 대한 의무교육은 현장 실무교육 중심으로 직접 현장에서 이수하게 하고, 도면 보는 방법도 가르치는 것이 좋다.

또 공사 규모에 따라 기능인 몇 명 이상이 참여해야 함을 법으로 지정한다면 시공품질을 더욱 높일 수 있다고 확신한다. 기업이 저임금 노동자만 선호하면 이 문제는 해결되지 않는다. 숙련 노동자에게 임금을 조금 더 주더라도 업무 지시와 교육기능까지 주어 건설 품질을 확보하는 것이 시급하다.

건설현장에서 일하는 것이 '단순 노동'으로 평생 업은 될 수 없다는 사회적 인식도 바뀌어야 한다. 미국과 유럽에서 건설노동자는 엄연한 기술직이며, 그들의 자부심과 사회적 인식 또한 높다. 사회적 평균임금이 높은 이유는 새로운 상비운용법과 같은 기술력을 꾸준히 높였던 그들의 노력이 있었기 때문이다.

B 건설회사는 독특하게도 자기 회사에 상시계약으로 일하는 건설 근로자에 대해선 임금과 복지 등의 혜택을 주고 있다. 왜냐하면 그렇게 했을 때 고급인력이 남아 건설

품질 또한 좋아지기 때문이란다. 기능인들이 다시 현장을 채우기를 기대하며 긴 안목으로 그들에게 투자하기를 바란다.

4

행동하는 선한 힘

예전엔 '침묵하는 다수'라는 말이 꽤 유행했다.

나서서 목청 높여 주장하는 이들은

기실 소수에 불과하며 다수는 지켜보고 있다는 주장.

지금은 이 말을 쓰지 않는다.

불의(不義) 앞의 침묵은 굴종 내지 동조라고

생각하는 시민의식이 형성되었기 때문이다.

행동하는 시민의 선한 영향력이야말로

세상을 바꾸는 동력이 되었다.

건축사 자영업자

나는 늘 종류별로 세금을 잘 챙긴다. 주로 거래 세무사사무소에서 미리 공지해 준 대로 하면 된다. 문제는 이 세금 납부 고지서를 받는 것조차 머리 아프다는 점이다. 세무서는 우체국 등기를 통해 세금고지서를 발부하는데, 우체국 직원이 방문하는 시간에 집에 머물고 있는 자영업자가 얼마나 되겠는가?

결국 대문에는 우체국에 들러 등기를 찾아가라는 안내문이 붙는다. 나의 사무실은 서울 서쪽이고 집은 서울 동쪽 끝이다. 결국 세금을 완납하기 위해 금쪽같은 시간을 소모하며 우체국에 가서 고지서를 찾아오거나 퇴근 후 일부러 가야 하는 일이 반복되었다.

한번은 이런 방식으로 부가세 납부를 한 적이 있다. 부재중이라 등기우편을 찾아가라는 쪽지를 보고 담당자에게 연락해 우편물을 본인이 아니라도 받을 수 있게 해 달라는 주문을 하였더니 등기는 꼭 본인이 받아야 한다고 했다. 그럼 내 핸드폰 번호로 고지 내용을 문자로 보내 달라고 해서 받았다. 그래서 처리일자 이내에 세금을 납부하고 잊어버렸다.

그러고 며칠 후 안내문이 대문에 또 붙어 있었다. 확인해 보니 시시비비가 있었던 똑같은 건으로 이미 발행된 고지서를 또 재발행한 것이다. 화가 나서 세무서에 전화를 했다. 화가 난 첫 번째 이유는, '폐문부재' 안내문이 집 대문에 붙어 있으면 길거리에 지나가는 사람들이 "저 집은 왜 맨날 뭐가 저리 붙어있지?"라고 생각할 것이기 때문이다.

왜 고지서를 발행할 때 세금 완납 여부를 확인하지 않고 같은 걸 반복해서 보내는 것이냐고 물었더니 예상했던 대로 기계적으로 발송했을 뿐이라며 이런저런 이유를 댔다. 나는 전화를 끊어 버렸다. 물론 이는 아주 작은 사례일 뿐이다. 우리는 왜 작은 일에 화를 내는가?

나와 같은 중소기업은 유리 지갑이나 다름없다. 체납자의 경우, 국가나 지자체의 소소한 입찰에 참여할 수도 없고 수의계약 한 건도 할 수 없다. 원천봉쇄가 되기 때문이다. 2019년 현재 상습적인 고액 체납액만 5조 4천억 원이 넘었다고 한다. 250억 원의 고액체납을 한 사람도 있었다. 이들의 집을 압수수색했더니 지하에는 최고급 스포츠카가 여러 대, 금고와 장롱에선 명품 시계와 골드바, 5만 원권 지폐 박스가 쏟아져 충격을 준 일이 있다.

살아남기 위해 뛰어다니며 일을 하고 세금을 납부하지만, 국민의 세금으로 먹고사는 국가행정의 부신경함은 가끔 발바닥에 박힌 작은 가시처럼 느껴질 때가 많다. 세무사 사무소를 통하지 않고서는 단순한 세금신고조차도 불가능하게 만들어 놓은 국가의 편의주의. 숨 막히도록 거대한 모순의 벽 앞에 서 있는 것이다. '우리 그냥 일에 전념할 수 있도록 해 달라.' 이런 생각은 비단 나만이 가진 것은 아닐 것이다.

영세한 기업은 10원도 밀리지 못하게 행정을 하면서 왜 부자들의 세금은 다른 잣대로 거둬들이는 건지 새삼 의문스럽다. 그들도 돈이 있거나 없거나 세금은 내야 한다는 걸 알 터인데, 세금을 잘 내는 나에겐 왜 부가 안 올까? 알다가도 모를 일이다.

나는 이번에 종류별로 모두 환급금을 받았다. 이것은 매출이 적자라는 증명도 된다. 종합부동산세, 4대 보험료 등 환급금 합계가 7,275,160원이었다. 소기업이라도 매월 지출금이 너무 많았는데 좀 적당히 받지. 대한민국의 소기업 건축사 자영업자는 정부 정책 관련 어디에도 들어있지 않다.

사람이 중심이다

우린 흔히 성공한 사람을 보고 능력 있다고 한다. 여기서 성공이란 당연히 한 분야의 마스터를 지칭하기도 하지만, 대부분 경제적 성공을 전제로 한다. 그런데 그 '능력'이라는 것을 단순히 피라미드의 정점이나, 높은 재력으로 볼 수 있을까?

나는 사람의 진정한 능력이란 소유하고 있는 자산이나, 사회적 위치, 기업의 사이즈 같은 것에서 찾을 수 없다고 확신한다. 얼마나 벌었느냐보다 더 중요한 가치는 어떻게 벌었는가가 아닐까? 또한 능력 있는 사람이 반드시 가치 있는 삶을 살았다고도 볼 수 없고 더군다나 능력과 행복은 결코 비례하지 않는다.

작은 건축사사무소를 운영하며 수많은 벽에 부딪힐 때마다 나는 조금씩 성장했고, 어느덧 십수 년이 지난 어느 시점부터는 벽을 또 하나의 문이라고 생각하게 되었다. 건축사사무소에도 양극화가 심화되어 큰 기업은 크게 돈을 벌고, 작은 기업이 할 일에까지 영역을 확대해서 수주하고 있다.

책의 서두에서 밝혔듯 처음부터 관문을 높게 설정해 중소업체의 참여 자체를 금지하고 있는 영역이 태반이다. 규모가 큰 대기업에선 독점적 지위를 확보하기 위해 덤핑으로 경쟁했고, 독창적 아이디어와 설계능력보다는 가진 자산을 활용해 카피하고 일부 요소만 변형시킨 질 낮은 설계로 가격 경쟁력을 확보했다. 그야말로 규모의 전쟁이었다.

이 전쟁에서 설 자리를 확보하기 위해 밤을 보내며 늦게까지 고심한 적이 한두 번이 아니었다. 밥맛을 잃고 불면증에 시달린 경험은 중소기업 대표라면 누구나 가지고 있을 것이다. 매달 어김없이 돌아오는 급여일과 대출이자 상환일을 노려보며 노심초사하는 것은 일상이었다.

급여를 주며 고용주들은 복잡한 생각에 빠진다. 작은 회사일수록 대표와 직원 개개인의 경쟁력이 중요하다. 아니, 절대적이라고 해도 과언이 아니다. 그렇게 고용직원 8명 이하의 작은 건축사사무소에도 규모의 경제가 영락없이 작용한다.

그런데 작은 업체일수록, 창업 회사일수록 자신의 거점 시장에서 한 단계 도약하기란 하늘의 별을 따는 것처럼 어렵다. 결국 건축에서의 경쟁력은 '수주'로 결정되기 마련이다. 수주를 해야 급여를 올리고 복지도 강화할 것이 아닌가. 혹자는 고용주가 이런 말을 하면 자기 것 다 챙기고 나서 우는소리 하는 것 아닌가 의심하기도 한다. 난 한 순간이라도 특정 영역에 안주할 만큼 여유 있어 본 적이 없다. 늘 고뇌하며 살았다. 바르게 해서는 생활은 되지만 절대 돈은 되지 않는다.

나는 직원의 채용과 관리의 문제에서 심중한 경험을 얻

었다. 중소기업에서 프로젝트를 추진하기 위해 직원을 구하려고 하면, 구하기도 어렵거니와 적임자를 구하는 건 더더욱 어렵다. 그래서 미리 직원을 선발해 준비해 두었거나 프로젝트가 돌연 중단되는 경우 다음 프로젝트 시작 시점까지는 사무실 관리비와 인건비가 너무 많이 들었다.

이 경우 자금이 부족하면 대출을 해야 했기에 대출의 범위만 늘어나곤 했다. 수주가 어려우면 직원들 복지도 어렵고 매출이 적으면 발전 지향적인 생각을 하여도 실천은 어려워진다. 여성 중소기업 전문가로서 단언하건대, 덤핑을 하지 않고 정상적인 수주를 하는 것은 한국에서 매우 어렵다고 본다.

건축사사무소도 규모의 등급이 한번 결정되면 이후 윗 계단으로 올라가는 것은 매우 어렵다. 공정한 경쟁이란 경쟁 조건과 기회가 비슷하게 주어졌을 때 가능하다. 대기업과 소기업의 경쟁이란 애초부터 불공정한 심사기준에 의한 싸움이다. 불리한 조건은 악이 되고 또 다른 악으로 순환된다.

나와 같은 생각으로 지내온 사람들에게 말하고 싶다. 1인 기업 건축사가 서로 뭉치면 정말 큰 힘으로 발전할 수 있다고 말이다. 몇 차례 시도해 보았지만 소기업 자영업자들은 스스로 계발하거나 뭉치지 않는다. 자영업자의 특성상 불확실한 협동보다는 각자도생에 더 애착이 있다고나 할까? 법무법인처럼 소기업을 묶어 건축법인을 활성화하여 공정한 경쟁에 참여할 수 있도록 파이를 키워 주는 제도적인 장치도 필요한 시점이다.

큰 조직에서 역량을 인정받은 사람이라고 스카우트해 와도 작은 사무실에선 역량을 발휘하지 못한다. 그 사람의 능력이라는 것은 결국 개인의 능력이 아닌, 위계와 협동에서 오는 조직력의 시너지라는 것을 알 수 있었다. 쉽게 말해 대기업에선 특정 분야에 정통하지 않아도, 직원 관리능력이 부족해도 능력 있다고 인정받을 수 있다. 또한 이들이 속한 대기업의 상호가 그들을 뒷받침해 주기 때문이다.

하지만 중소기업에선 사람을 뽑을 때 대기업의 후광만 보고 스카우트해서는 낭패를 볼 수 있다. 한 사람이 다방면에서 발군의 능력을 보여야 한다. 시장 변화에 누구보다 빠르게 대처해야 하고, 그러기 위해선 새로운 영역에 대한 도전을 두려워하지 않고 다방면에서 빠르게 경험과 정보를 체화해야 한다. 이런 생각을 가진 발 빠른 사람이 오겠는가?

반복적인 일만 하고, 시키는 일밖에 할 줄 모르는 직원이 회사의 중추라면 기업 경쟁력은 추락한다. 새로 기업을 시작하려는 이들에게 나는 이런 충고를 하고 싶다. "그 사람이 어떤 길을 걸어왔는지, 치장할 수 있는 스펙을 보지 말고 그 사람이 지금 어떤 생각을 가지고 일하는지 가능성을 보라."

이것을 '일에 대한 관점과 사업정형'이라고 정의할 수도 있을 것이다. 자신의 일을 사랑하는 사람은 회사에 대한 사랑이 맹목적이지 않고, 자신과 함께 커야 할 미완의 생명체라고 생각한다. 자신의 성장과 회사의 성장이 일치할 때 이런 부류의 직원은 특별한 능력을 보인다. 하나를 이야기해 주어도 자신이 모르는 분야는 모두 스캔해서 전체를 장악하기 위해 노력한다.

자신이 아는 것과 모르는 것을 정확히 알고 있으며, YES와 NO를 분명히 말해 대표가 미래를 예견해 사전에 타산하고 준비할 수 있는 물리적 조건을 준다. 따라서 이런 주도적 마인드를 가진 이들은 보고가 정확하고 투명하다. 일이 틀어질 가능성을 정확히 보고하고 회사에서 무엇을 더 투입해야 하는지에 대한 주문사항도 분명하다.

충성한답시고 대표의 지시사항을 맹목적으로 접수해 "네, 알겠습니다."라고 답하지 않는다. YES와 NO를 분명히 말하되, 'NO'를 이야기할 때 서로의 기분을 상하지 않게 말할 수 있는 매너를 갖추었다면 최고의 직원이다. 무언의 신뢰는 이런 과정을 통해 싹튼다.

좋은 직원의 표상으로 하나만 덧붙인다면, 사유 방식의 독창성과 치밀함이다. 생각이 엉성하면 행농에 합리성이 떨어지고 특정 상황에 대한 판단 역시 단면적으로 한다. 치열한 사유 훈련이 된 사람은 하나의 문제에 다양한 접근법을 가지고 있고, 발상의 근원이 다르다. 물론 이런 치밀한 사유는 풍부한 독서와 토론, 집요하게 파고들었던 생활 경험이 주는 경우가 많다.

나는 오랜 기간 대표의 역할만 해 왔다. 20년간 업무 지시를 하고 보고를 받았다. 그런데 최근엔 몇 년간 입으로만 지시하던 일을 내 손으로 직접 하고 있다. 과거에 심의 의견서 하나를 만들어도 초안을 내려 주면 직원이 다시 품의 올린 서류를 적어도 2회 이상 검토해야 했다.

최근엔 내가 원하는 서체와 크기를 스스로 결정해 직접 한다. 캐드 선이 지워질까 봐 손도 못 대던 도면을 거침없이 만지며 잘하고 있다. 시간 절약은 물론 경비 절약이 될 뿐만 아니라 업무효율성도 과거보다 훨씬 높아졌다.

작은 사무실에서 대표란 모든 것을 손수 할 줄 알아야 규모의 운영이 가능하다. 이런 단순한 이치를 5년만 일찍 알아 결정했더라면 조금 더 빨리 '천국' 가는 길이 열렸을 텐데 말이다. 중소기업에서 입으로만 하고 있는 사람은 자신의 능력을 잘 판단해 결정하기 바란다.

입으로만 했던 사람은 홀로 모든 것을 해야 하는 상황이 무서워 어떤 일이든 몸이 무겁다. 또한 지금과 같은 경쟁 시스템에선 건축사사무소가 일정한 수준에만 머물러서는 전망이 없다. 일정 수준의 노하우를 안정적으로 축적했다면 어느 순간 뛰어나게 다름을 확보해야지만 그 윗 단계로 진출할 수 있다.

법원이 건축사에 묻다

법원은 매년 감정인을 뽑는다. 나는 몇 년간 법원감정인으로 선발되었지만 일이 없었다. 나중에 알고 보니 이 법원 감정업무 역시 전문으로 하는 건축사들이 포진해 있었다. 대부분의 일이 그들 건축사 사무소에 몰리고 있었다.

내가 아는 C 건축사는 모두 외주로만 돌려 6:4로 감정비를 나누어 갖는다며 자랑하였다. 그가 부러워 어떻게 하는지 나도 해 보고 싶었다. 내가 다른 건의 감정인 후보자로 처음 선정되었을 땐 경험 많은 S 건축사에게 배울 요량으로 물었더니 배분 몫이 7:3 이하라고 했다. 그 건의 감정인으로는 선정되지 않았다.

판사는 하나의 사안에 통상 선정된 3명에게 후보자 선정 통지서와 함께 첨부 서류를 보낸다. 감정인은 감정신청서를 참조하여 작성된 예상 감정료 산정서와 서류를 함께 법원으로 보낸다. 3명 중 1명이 선정되어 해당 건의 감정인으로 일을 하게 된다.

민사소송 과정에서 지하층 다세대 감정을 한 적이 있다. 요행히 나에게 온 업무는 매수자가 다세대 지하에 입주한 후 장마철 물난리로 인해 세대 바닥 전체가 침수한 것에 대하여 매도자를 상대로 소송을 한 피해보상 사건이었다.

처음에는 다른 감정인이 선정되었는데, 그는 이 사건이 너무 작고 돈이 되지 않는다고 판단했는지 포기했고 다음 타자인 내가 결국 이 사건을 맡게 되었다. 감정의 목적은 원고가 살고 있는 지하층 세대 내 누수의 원인과 보수비용이었다. 원고가 침수 대비를 소홀히 해서 피해가 발생한 것인지, 인력으로 어쩔 수 없는 천재지변인지를 판단하여 금액을 산정해 주는 일이었다.

내가 현장실사를 하고 내린 결론은 여름철 집중(국지성)호우로 인한 것이었고 향후 대비책으로 외부 우수로 공사와 내부마감 공사에 대한 수량 산출서와 내역서를 작성하여 참조할 수 있도록 제출했다. 이런 사건의 경우, 원고가 변호인을 선임하면 선임비로 인해 배보다 배꼽이 더 큰 사건이 된다. 물론 이 사건은 감정인에게도 돈이 되지 않았지만, 공익을 위한 일이었기에 사명감으로 일했다.

이 일이 종료된 후 나는, 법원에 전문적인 상담 서비스가 있어 전문가가 민원인에게 시간과 노력에 상응하는 대가를 받고 사전 상담을 해 주어 소송 전 단계에 원고와 피고를 잘 이해시켜 협의 처리한다면 여러 가지 이점이 될 수 있겠다고 생각했다.

이후 원고 소송 대리인은 법원을 통하여 감정인에게 추가 견적을 요구하였다. 누수의 원인과는 상관없는 내용이었지만 최소한의 보수비를 추가로 보내 주었다. 확인은 못해 보았지만 내 생각엔 아마도 판결금이 당초 제시했던 합의금보다 적지 않았나 싶다. 피고가 처음에 제기했던 금액은 상당하였다.

건축과 관련한 일은 세상에 너무나도 많다. 그러나 당연하게도 그 많은 종류의 업무엔 이미 둥지를 틀어 영토를 점유하고 있는 전문가 집단이 무수하다. 건축의 세상이 넓기 때문에 무엇이든 다 할 수 있다고 생각할 것이 아니라, 일정한 경험을 축적한 후에는 자신이 잘할 수 있고, 경쟁우위에 설 수 있는 영역을 선택해서 집중하는 것이 좋다.

법원 감정 쪽에 경험이 많은 한 지인은 이렇게 조언을 해주었다. "그렇게 일해선 푼돈밖에 못 만진다. 이쪽도 다 정보로 움직이는 건데, 원고 쪽 일을 받았으면 잘해서 피고 쪽 일을 같이해야 돈을 벌지."

그건 직무윤리 위반이 아니냐는 말이 목구멍까지 튀어나올 뻔했지만, 많은 이들이 이미 그렇게 일을 하며 돈을 벌고 있다는 사실에 자괴감마저 들었다. 그러나 나는 처음 현장에서 피고의 부탁으로 현장 조사 시간이 바뀐 것 때문에 문자를 한 적은 있지만 그 외엔 언급하지 않았다.

어느 직업군이나 막상 들어가 보면 겉에서 보는 것처럼

빛나진 않는다. 들어간 자가 생각을 바꿔 동화되어야 뭐든지 할 수 있는 세상이다. 과정을 대충 알긴 알았지만! 감정인은 해 보았으니 이제 미련은 갖지 말아야겠다.

나는 50만 원짜리 일을 50만 원을 받고 하고 있었고, 그들은 저 위에서 200만 원, 500만 원으로 부풀리는 방법을 고안하고 있었다. 세금을 종류별로 모두 따박따박 바쳐 가며 직원들 임금 밀리지 않으려고 뛰어다니던 세월이 긍지가 아닌 나의 부족함으로 다가오던 날이었다.

나는 선배에게 푸념을 했다. 정직하게 일해선 성공할 수 없는 건가? 결국 남들처럼 딱 눈감고 비양심적인 일도 해야 돈을 벌 수 있는 건데, 지금까지 내가 너무 바보처럼 살았다고 말이다. 그 선배는 웃으며 이렇게 말했다. "너무 늦었다. 과거에 그렇게 했어야지." 지금은 사회가 공정과 청렴 쪽으로 가기 시작했는데, 넌 왜 지금에 와서 역주행하려 하냐며 지금껏 하던 대로 쭉 하라고 말했다.

맞는 말이다. 지금 시대는 전문가로서의 소명을 가지고 깨끗하게 일하는 사람이 각광받을 수 있다. 내 열망에 비해 사회적 분위기는 너무 늦게 올라왔다고 할 수도 있지만, 미래가 있다는 것은 또 얼마나 다행스런 일인가. 후회해 본 적은 없지만 그래도 가끔은 내가 일하는 방식이 남들에게 뒤처진 것 아닌가 하는 생각이 들기도 한다.

재건축 논쟁 18년

1984년에 내 집을 직접 설계했다. 그때는 자격증이 없을 때라 대학원 선배님 건축사사무소에서 허가와 사용승인을 받았다. 강동의 내 집에서 4년간 살다가 전세를 놓고 여의도에 가서 1년 전세를 살다 대출을 받아 전세금을 합쳐 옆 아파트를 구입하여 7년 정도 살았다.

그러나 남편의 보증으로 집을 팔아 빚잔치를 하고 95년 옛날 집으로 다시 이사 와 현재까지 살고 있다. 전체 424필지 중 대지가 410필지이며 그중 주거의 용도가 약 90%이다. 2,056세대가 살고 있다. 나는 가장 초기에 집을 지었다. 처음 지어진 단독주택, 10개 동 정도는 주위환경에 맞게 주택을 지어 동네 분위기가 좋았으나 얼마 가지 않아 집 장사치들이 들어와 처음 느낌은 사라져 버렸다.

개발 초기당시, 토지이용계획상 1종 일반주거지역, 택지개발지구(택개지구)였으며 단독주택만 지을 수 있는 용도였다. 2006년 1월, 지구단위계획상 특별계획구역지정, 2010 12월 주택재건축정비구역지정, 17년 12월 토지 등 소유자들 요청에 의해 정비구역 해제 전까지 건축행위가 제한되었다. 현재도 여전히 지구단위계획변경(재정비)중에 있으므로 건축행위를 할 수 없다.

1980년대 초반으로 거슬러 올라가면 이 택개지구는 지금까지 35년간 손을 댈 수 없는 불모지였다. 수십 년, 건축행위가 불가능한 지역이므로 집을 팔아도 아무 곳도 갈 수 없는 어중간한 가격이었다. 아파트가 들어선다고 해도 상쇄하기 어려웠다. 주택은 돈도 안 됐고 수년간 건축행위도 안 되는 불리함을 모두 가진 조건이었다. 다만 한 가지 으뜸인 것은 정적인 자연환경이었다.

지속 가능한 도시가 무엇인가에 대해 생각해보자. 지금 우리 주위, 아파트는 이미 포화 상태다. 도시는 콘크리트로 산이 되었다. 열섬 효과를 줄여야 한다. 낮은 스카이라인 아래 바람길과 전원도시의 초록이 있었으면 한다. 군락을 이룬 아파트의 교목 같은 것 말고 휴먼 스케일로 심어진 자그마한 나무들이 풍성하고, 저녁과 쉼이 있는 친근한 삶의 터전을 원한다. 그 나무들이 약간의 볕을 가려 주며 걸을 수 있는 사람 눈높이의 안정성을 기대한다.

우리 동네는 아직 마을버스를 타고 나가야 지하철과 시내버스와 연계되는 곳이다. 자가용이 없다면 출퇴근에 많은 시간을 허비해야 한다. 그러나 일단 들어가면 안정적인 동네다. 지난해까지 밤에 빼꾸기 울음소리를 들을 수 있었다.

그러나 올해부터 빼꾸기 소리가 들리지 않는다. 큰길 건너에 서울주택도시공사(SH)에서 공공주택지구 복합단지를 조성하고 있고 도로공사에서는 로터리에 서울~세종간 고속도로 인터체인지를 만들고 있기 때문이다. 작년 가을엔 퇴근을 하고 주차하다가 노란 담비가 뛰어가는 걸 보았다. 이제는 그 담비도 사라질 것이다.

내가 이 지역 지자체에 도시계획위원으로 있던 시절, 2002년 앞문을 잠그고 회의 중일 때의 이야기다. 1층 안내실에서 아파트 재건축을 요구하는 대책위 사람들이 올라갔다고 전달해 주었다. 나는 그때 동네 아파트를 짓자는 일명 '아파트 부대' 민원인들이 뒷문으로 쳐들어와 큰 소리치는 장면을 목격하였다.

동네 사람들은 내가 아파트 재건축에 동참하기를 원했다. 그러나 우리 동네만은 예외이고 싶어 반대주의자에 포함되었다. 토지이용계획상 몇 단계의 용도를 넘어가는 민간계발은 어렵다고 보았기 때문이다. 알면 무리한 요구를 할 수가 없다. 우선 법적인 조건을 맞추는 시작단계부터 주민의 의견통합이 어렵다는 사실을 알고 있었다. 공사에서 하는 공공개발은 법에 의해 가능하도록 명시되어 있지만 말이다.

후일 재건축이 논의되면서 공동주택인 다세대를 50여 세대 지었다는 사실에 나는 매우 놀랐다. 그럼 그때는 구역경계의 전체 필지 내에서 다세대는 전혀 다른 적용이 되었다는 말인지? 내가 놀란 이유는 다음과 같다.

첫째, 1종 일주, 택개지구에 공동주택인 다세대가 지어졌다는 것. 둘째는 반영할 세대수가 너무 많다는 것, 셋째는 재건축 사업성을 검토할 때 손해 보는 사람들은 순수한 주택 소유자라는 것을 그때야 알았기 때문이다. 다세대를 허가 내준 공무원은 옷을 벗었다고 들었다. 그때 그들이 갑이었다고는 하지만, 저럴 수 있을까. 하기야 내가 업무상 확인한 건물도 5층 허가였지만, 6층으로 시공된 곳도 있었으니까….

강산이 여러 번 바뀐 2018년 정비구역 해제가 공지되었다. 나는 천만다행이라고 느꼈다. 재건축을 원하지 않는다는 인원수의 부등호가 컸다. 2019년 3월엔 인근 학교에서 지역 설명회를 했다. 이날 나는 '아파트 부대'가 아직도 서울시를 상대로 소송 중이라는 소식을 들었다.

그들 중 몇 명이 자리에서 일어나 설명하는 과장을 향해 큰소리를 질렀다. 수년간 발생하였을 비용 때문에 어떤 방법으로든 관철하고 싶었을 것이다. 나는 디자인이 가능할 수 있도록 층수는 그대로 두되 건물 높이는 2m 이상을 올려 달라는 내용의 주민의견서를 제출하였다.

정책은 왜 이런가? 몇 년간인가? 모든 법은 일몰제를 적용하는데 이리 오래도록 재산권 행사를 못 하고 동네는 하염없이 슬럼화 되어 가는가? 내가 만약 할 일이 없는, 시간 많은 사람이었다면 화병에 걸렸을 것 같다. 건축 행위를 못하는 기간 동안 과연 누가 피해를 본 것인가. 주민들이 피해를 보았다.

우리 집은 비만 오면 직접적인 영향을 받는다. 지금도 호우주의보를 들으면 잠을 설치고 국지성 호우가 있는 날엔 비상대기를 하며 펌프 2대를 돌린다. 순간 우수량이 많을 때 가끔은 물이 넘친다. 이를 위해 집수정 깊이를 키워야 한다는 걸 알지만, 그나마도 방수층을 건드릴까 봐 손을 댈 수 없다. 우리 집 지하층은 지하 세대 가구에 물이 넘쳐 보상해 준 뒤에는 신경 쓰기 싫어 세를 주지 않는다. 신축 당시 건축법상 지하층 높이는 3분의 2h를 적용하여 설계된 집이기 때문이다.

대한민국은 목소리 큰 사람들의 요구만 민원이라 여긴다. 말없이 조용히 기다리는 사람들은 언제쯤 존중받을 수 있는 세상이 될까? 나는 가끔 주위에서 거만하다거나 말을 안 한다고도 오해받는다. 사실상 그들이 하는 말에 대해 아무것도 느끼지 못한다. 내가 말을 하지 않는 이유는 논리적으로 너무 길게 설명하여 이해시키는 것보다 간명한 것을 좋아해 혼자 내용을 정리해 버리기 때문이다.

국민청원, 생각의 전환

2018년 말쯤, 나는 우리 동네와 관련한 민원으로 국민청원을 할까 생각했다. 적절한 비유가 될지 모르겠으나 우리 동네의 건축물은 사람으로 따지면 주민등록증을 잃어버린 상태다. 주민이 주민증을 신청했는데 이런저런 이유로 발행이 늦고, 상식을 떠나서 몇 달 걸린다면 당사자는 어떻게 해야 옳을까. 우리 동네의 재건축 문제로 건축행위(신축, 증축, 개축 등)를 못 하게 된 지는 자그마치 18년이다. 너무나도 오랜 세월이 지났다.

건축행위를 못 해 당장 재산권행사를 못 하는 문제는 차

지하고서라도 기약 없는 기다림을 강요당하고 있는 것이다. 나처럼 1980년대 중반부터 집을 지어 오래 살고 있는 세대주들은 노인층이 되었고, 그들의 자녀들은 분가했기에 그들의 의사결정은 오락가락 참으로 쉽지 않다. 우리 집의 양 옆집 중 한쪽은 바뀌고 한 집은 그대로 살고 있다. 길 건너 앞집도 한쪽 집은 주인이 바뀌었다. 이들은 오랫동안 동네를 지켜 온 산증인들이다.

이젠 결정고시만 남았는데도 너무 오래 걸린다 싶어 나도 국민청원을 생각해 보았다. 하루가 멀게 서울의 지도는 달라지고 있는데 이렇게 권한행사도 못 하는 무능한 동네는 아마도 없을 것이다. 그러나 만일 이와 유사한 일을 겪는 동네가 있다면, 그들의 손 편지가 보탬이 되기를 기대해서였다.

이런 생각으로 원고를 작성하고 우편으로 보내기 전, 마지막으로 지역의 도시과장과 미팅을 하고 싶었다. 지자체 복도를 지나 출입구에 붙은 조직도를 보니 서울 서쪽에서 근무했던 과장 이름이 있었다. 안내를 받아 얼굴을 보니 내가 오랫동안 서울 서부지역 도시계획위원 시절에 5년 동안 심의를 하며 미팅했던 그분이었다.

3개월 전 인사이동으로 동쪽에 온 후 알고 있는 내용과 우리 동네 프로젝트에 대한 경과를 설명해 주며 나를 설득시켰다. 그리고 아마도 2019년 상반기는 지나지 않을 거라며 나를 안심시켰다. 나는 국민청원을 접고 과장님을 믿으며 끝을 기다리고 있다. 올해 3월 지역주민을 모아 놓고 그는 그간의 과정과 현황을 설명했다. 아직도 갈 길은 멀기만 하다.

위원회 제도의 명암

2015년 양성평등기본법이 시행된 이래 정부에선 사회 전반에 여성의 대표성을 높이기 위해 정부위원회에서의 여성 참석 비율을 과반으로 하고, 중앙행정기관 등에 여성 관리자 비율을 일정 수준의 목표로 설정해 이를 달성하도록 독려하고 있다. 특히 정당 비례의원의 경우 여성 의원 공천 비율을 50%까지 책정하는 것이 상례가 되었다. 공직자와 공기업에서의 여성 임원 비율 역시 여성가족부에선 매우 중요한 지표로 관리하고 있다. 이 결과 지금은 눈에 띄는 변화가 감지되고 있는 것도 사실이다.

심의, 또는 자문 등을 받기 위해 각 부처나 지자체등에서는 관계기관의 전문가들과 교수들 중에서 선정하여 인력풀을 구성해 놓고 필요시 활용하는 '위원회' 제도를 운영하고 있다. 주로 사업 면적의 크기, 규모와 용도에 따라 심의받을 지자체 위계가 결정된다.

심의 대상에 따라 면적이 넓거나 층수가 높은 곳은 상급기관에서, 일정 규모 이하는 하급 기관에서 심의를 받는다. 특히 과거의 도시계획 심의는 받는 대상에 따라 상급기관에서 심의를 통과하기가 어렵다고 생각하여 땅 크기를 하급기관에서 받을 수 있는 면적범위로 줄이는 경우를 많이 보았다.

위원회는 보통 인력 풀 내에서 일정 인원수 이상을 참여시켜 회의를 상정하고, 해당 건 의 설계품질을 확보하기 위한 토론을 하여 의결하고 결정한다. 심의진행 과정을 예를 들어 설명해보면 우선 사업 주체 관련 용역업자가 사업설명을 하고 다음으로 해당지자체의 주관부서의 생각을 들은 다음, 마지막에 위원들이 무작위 또는 순서대로 용역업자에게 제출된 안에 대하여 질문한다.

위원들은 특별한 경우를 제외하고는 주로 심의 전에 미리 제출했던 심의의견서상 지적사항을 토대로 의견을 개진하며 모든 질문이 끝나면 용역업자를 퇴장시킨다. 다시 재론해서 건설적인 내용을 수합해 결론 낸다. 이후 용역업자를 불러 결정된 의견을 전달하고 실현의 가·부를 물어 최종 결정한다. 내 경험으론 심의를 거치는 경우 더 좋은 품질로 향상되곤 한다. 나는 여러 위원회에 관여했고 지금도 참여하고 있다.

나는 이런 생각으로 심의를 한다. 법으로 적용되지 않는 건축이나 도시계획과 관련한 경우, 나는 공공의 이익을 먼저 생각한 후 사업자나 건축주 등이 양보할 부분을 생각하여 지적사항에 대한 의견을 개진한다. 도시계획이나 경관 등은 건축보다 상위계획이므로 논리적인 생각을 전달하여 관철시킨다. 이때 건축주가 지적사항을 적극 반영하여 수용하면 양질의 가치를 생산할 수 있다.

건축물이 완성된 후에는 후회해도 도려낼 순 없다. 약간의 변경으로 인해 손해를 본 듯한 느낌이 들지라도 명분이 있으면 반영해야 한다. 나는 트이고 열어 주는 건축의 연계성이 지속 가능한 도시 발전의 토대가 된다고 본다. 사용자들에게는 절대가치의 유익한 문화 공간, 동적인 도시 속에 정적인 숨 쉬는 대중 공간의 탄생으로 여유를 느끼게 하고 싶다.

위원들 성향에 관하여 느낀 점은 항상 한두 사람은 사인만 하고 의견서에 내용을 미리 적고는 회의가 끝나기 전에 가 버리곤 한다는 점이다. 심지어는 착석 후 10분이 안 되어 가는 사람도 있다. 이렇게 시간이 없는 위원들은 다음 기회에 참석하면 좋겠다.

또한 주된 심의 대상과 심의 성격, 상정 사유에 따라 필수적인 요소가 되는 전문가들의 인원수를 적정 배분하여야 하고 신규 심의를 위한 위원회를 만들 때는 심사숙고하여 결성해야 한다고 본다.

14년에 잠깐 있다가 없어졌고 다시 생길지도 모를 아파트 분양가 심사위원회 때 느낀 점인데, 분양가 상한제를 적용하면서 당초의 취지와는 달리 서비스해 주던 품목까지 건축가산비에 포함하여 가격만 올린 셈이 되어 버렸었다. 사업체들은 위원회에서 깎일 걸 계산하여 택지비, 건축비에서 상세한 금액을 산정하였고 위원들은 제출한 금액과 자료, 주위 분양가격을 참조하여 조정된 가격을 권장하였다.

신규로 법이 생긴 지 3년 정도 된 공공디자인진흥위원회 심의 위원 임기를 끝내고 느낀 점이 있다. 공공디자인 위원회는 독립적인 기구 설치보다 지자체 내 건축, 경관, 디자인, 광고물 등 각위원회 풀에서 안건의 경중에 따라 관련위원들을 선택하여 참여시키는 것도 좋겠다는 생각을 했다.

또한, 도시계획 관련 심의인데 도시계획 전문가가 전혀 없는 경우도 보았다. 경관심의도 반드시 도시계획 전문가가 포함되어야 한다. 주관처에서 인력풀 속의 위원들 중 어떤 방법으로 선정했을까 하는 생각이 든다. 의사 개진이 없는 조용한 위원들만 선정하면 빠른 절차로 끝이 나기 때문인가.

위원회의 위원들은 장단점을 살려 주기적으로 교체하여

야 한다. 위원회 종류는 많다. 과감히 줄일 필요도 있으며 소위원회를 활성화할 필요도 있다. 심의기간을 단축한다는 취지로 분야가 다른 심의를 합쳐 공동으로 심의를 하는 경우도 있지만, 참석 인원수가 30명을 넘으면 집중력이 떨어지고 의견 취합이 어려우며 시간이 오래 걸리는 단점이 있다. 될 수 있으면 재심을 못 하도록 유도하는 지자체들이 많이 늘어나고 있으며 최근의 정책이다.

존재 이유를 묻다

협회에 묻는다. 통상적인 이야기는 접어 두자. 건축사협회는 전문가 단체로서 반세기가 넘었고 오래전에 자산이 수백억이 넘었다고 들었다. 나는 25년 동안 회원으로서 협회에 기대했던 점이 많았다. 나는 우선 협회가 사회에서 인정받는 힘이 있는 그룹이기를 원했고, 협회가 경쟁력이 좀 있으면 좋겠다고 생각한다.

사람살이 의 · 식 · 주 세 가지 요소 중 하루의 아침은 자기가 살고 있는 집에서부터 시작된다. 그럼에도 불구하고 사회에서는 건축사 자체를 너무나도 잘 모른다.

17년 어느 모임에서 건축사는 무슨 일을 하느냐는 질문을 받았다. “설계 감리를 하며…” 대답을 시작하는 나에게, 상대는 벌써 “아아 설계사!”라고 단정했다. 이런 반응을 평생 보았던 터라, 그건 “보험 설계사 호칭이고요, 저희 그룹은 건축사법에 근거한 건축사예요.” 했더니 “노가다가 힘들지 않나?”라고 되묻는 것이 아닌가? 이날 나는 책을 쓰기로 결심하였다.

내가 무슨 일을 하는지 전혀 몰랐다. 집장사는 알고 있던데 나는 집장사는 안 하니까…. ‘노가다’는 일제강점기의 잘못된 말임에도 협회는 반세기 동안 전문가 호칭도 제대로 알리지 못했다. 이런 소릴 들으면 나는 짜증이 난다.

협회는 각 회원의 실력 향상을 위한 중 · 장기적인 대책이 있어야 한다. 건축사 개인으로는 할 수 없는 정당한 이권은 물론이고 시대에 걸맞은 성장과 더불어 지적 동반 그룹으로 지속 가능한 발전 전략이 있어야 한다. 사회의 속도에 맞춰 비례하여 가고 있는가? 모든 것이 어제보다는 나아가려고 하는 이때, 협회는 과연 그런가?

서울건축사회에서 '건축사 홍보'를 시작했다고 한다. 그것도 번잡한 지역과 교통방송에서. 난 아직 해당 지역은 지나갈 기회가 없었고 라디오는 그 시간에 못 들어 봤지만!

그분이 생존해 계실지는 모르겠지만 연락이 안 된 지 꽤 오래되었다. 대학 시절 시간강사로 나오는 Y건축사가 교통방송에서 40년 전 꽤 오랫동안 건축 상담을 하셨다. 그때는 일반대중들이 건축사법에서 규정한 건축사의 개념을 잘 모를 때였다. 아마 그분이 가장 초기에 비데를 팔지 않았을까 하는 생각이 든다. 사유는 모르지만 갑자기 방송에서 프로가 없어지고 그 이후엔 건축 상담도 사라졌다.

현재 홍보하는 그 지역을 경유하지 않는 사람은 일부러 가지 않은 이상 백년을 써 붙여 놓아도 모를 일이며 해당 방송시간에 항상 즐겨 듣는 귀한 프로가 있다면 일부러 채널을 돌려 들어 보는 회원들이 얼마나 있을까? 그저 내 생각이다. 모두가 손뼉 칠 수 있는 특별한 프로젝트를 기획해 국민이 함께 참여해 시작하는 것이 효과적일 것 같다.

협회가 기껏 하는 일이라곤 회원 개인에게 법규 변경, 행정 변경, 지침 변경 등의 기초적인 내용 전달뿐이다. 기본적인 내용은 키워드 스타일로 아주 짧게 짧게, 내용도 필요 없다. 예를 들면 제목 정도, 이보다 더 짧게는 "변경 X조 Y항" 이렇게만 기재해도 충분하다.

아니, 어쩌면 필요 없을지도 모른다. 변경 법규는 해당 프로젝트에 유관해 각자 알아서 확인하면 그만이다. 자신이 진행하는 프로젝트와 무관한 내용을 끝없이 받고, 이마저도 또다시 변경되는데, 이런 기계적인 전달이 무슨 큰 도움이 되는가 싶다.

협회는 무엇보다 건축사의 처우나 관련 법규에서 정책적으로 중요한 내용이나 신생법안과 정책 방향을 가늠해 전체적인 방향성을 제시하는 역할을 해야 한다. 결론적으로 협회에서 송달하는 정보는 내용은 많지만, 현실에선 쓸모없고 검색 클릭 한 번으로 확인할 수 있는 정크 데이터라는 점이다.

대한건축사협회에서 한 달에 두 번 보내는 소식도 현재 분량의 25% 이하로 감축해서 알리고 자세한 내용이 필요한 사람은 협회 홈페이지를 통해 검색 가능하도록 함이 바람직하다고 본다. 심플하게 선별해 보내야 한다. 그렇지 않고선 종이신문을 전자문서로 바꾼 것 외엔 과거와 그리 다를 바 없다. 해가 바뀔 협회수첩은 당년도 11월쯤 미리 배부하고, 서울건축사회의 회원명부 정도는 종이책으로 배포해도 좋으련만!

그럼, 협회에서 홍보해야 하는 내용은 무엇이며 어떻게 전달해야 할까? 무엇보다 건축사들만 알 수 있는 차별화된 내용이어야 한다. 정크정보는 과감히 버리고 회원의 직무능력 향상에 큰 도움이 될 수 있는 내용이 필요하다.

가령 프리츠커상을 받은 건축가를 뉴스에서도 확인할 수 있는 헤드라인 공지 말고 협회에서 작가를 초빙하여 작품의 발상에서 구현까지, 프로세스의 과정과 최종안으로 결정했을 때의 이유 등을 듣고 싶다. 결론은 그림을 보고 헤아리지만 우리에게 필요한 건 머리 싸맨 흔적이다. 한 번의 설명 과정을 듣고 한 가지라도 느낀다면 첩첩이 실력으로 향상될 것이다.

어느 분야나 마찬가지지만 협회에서 일하는 건축사들은 대부분 협회에 몸담으면 평생 협회 일을 한다. 그렇게 어울리며 자신의 순서를 기다린다. 임원이 되고 나면 자신의 실적을 보이려 한다. 그럼 진짜 실적을 한번 생각해 보자. 협회로서 회장으로서 정말 회원들에게 인정받을 만한 실적이 있는가. 하고 있는 일이 전과 같은 관행인지, 집념과 땀으로 이루어진 도전인지. 이제 협회 관계자들도 달라져야 한다.

항상 줄 서서 끼리끼리 그 나물에 그 밥처럼 한 그룹 내에서 동화되어서는 혁신이 없다. 회장을 생각하고 있는 사람은 시대정신과 넓은 안목, 정무적 감각을 지녀야 한다. 회비는 응당 회원의 실력 향상을 위해 사용해야 한다. 이런 문제 제기에 대해 쓸데없는 소리라고 말하는 이가 있나면, 이렇게 내납하고 싶다.

건축사들의 요구는 다양하다. 고교 졸업 후 건축사를 시작한 이도 있고, 대학원 교육까지 이수한 이들, 해외 유학파와 신입 건축사들, 건축 디자인에만 천착하고 있는 이들까지. 그러나 교육 내용은 일반적이고 진행은 기계적이기만 하다. 현재 협회에서 진행하고 있는 교육 내용은 그야말로 형식과 관성의 표본이다. 더 큰 꿈을 향해 도전하고 싶어도 도와주는 이들이 없어 혼자 애타게 공부하는 회원들을 위해 협회가 무엇을 할 것인지 고민해야 한다. 그 지점이 나는 혁신의 시작이라고 본다.

지금은 옛날과 달라 자격증을 받는다고 평생 건축사 자격이 유지되는 것이 아니다. 5년간 40시간의 의무교육을 받아야 건축사업을 계속할 수 있다. 3가지 의무교육 종류는 전문, 윤리, 자기계발이며 이수시간은 교육 종류에 따라 차등적용 된다. 난 이 법이 시행되는 초기에 시작하여 벌써 작년 8월에 한 번 연장하였다. 역산하면 2013년에 의무교육을 시작했고, 교육은 건축사 교육원에서 총괄한다.

그럼 자격연장 시 법무 교육을 하는 취지를 생각해야 한다. 불평할 것이 아니라, 쉽게 표현하면 하루가 다르게 변화하는 시대와 건축 환경에 대해 공부 좀 하라는 뜻이다. 40시간의 교육을 받는 동안 기억에 남는 강의는 조경 강사가 상식적이지만 개괄적인 강의를 통합적으로 한 것이다. 전문교육은 협회가 아니더라도 인정 가능한 범위를 넓게 제시해야 한다.

얼마 전 정교사 연수에 초빙된 강사가 "여학생에게 스킨십을 할 땐 홍채를 확인하라."며 1시간이 넘도록 음담패설을 늘어놓는 사건으로 물의를 빚은 적이 있다. 어떻게 교육공무원 연수에 자격도, 검증도 되지 않은 사이비 연사가 초빙되었는지 황당하지만, 우리 사회엔 편성된 예산으로 시간 때우기를 위한 교육이 너무나 많다.

건축사협회 역시 예외가 아니다. 시간 때우기를 위해 회장 선거를 앞두고 정견발표를 하는데, 참석하면 자기계발 교육시간으로 인정해 주거나, 진정한 교육 목적인지는 모르겠지만 같은 해 중복 과정은 인정해 주지 않는다고 적혀 있는 '사이버 교육'이라는 것도 있으며, 많은 회원 참여가 미흡할 것을 염려해 참석하면 시간 인정하여 주겠다는 내용도 있다.

얼마 전엔 서울시건축사회에서 "여성건축사 세미나 개최 준비를 위한 사전 설문조사 실시"라는 제목으로 신청서를 먼저 보내고 본 행사에 참석하면 윤리 2시간과 전문교육

2시간을 인정한다는 내용의 메일을 받았다. 교육은 4시간, 금액으로는 5만 원에 해당하는 혜택이었다. 나는 교육 신청서를 보내지 않았다. 이런 내용으로 5만 원의 혜택을 주는 것이 옳은 것인가. 의아해서다.

남녀 건축사 구별과 차별을 동시에 하는 것인가. 건축사협회는 하나인데 왜 건축사협회 속에 여성위원회를 두며 성별로 나누려고 하는지 의심스럽다. 이런 조직편제와 나눔이 진정 여성 건축사의 권익을 위한 활동을 위한 것인가 하면 그것도 아니다. 누구의 자리가 필요했는지, 누구의 아이디어가 이렇게 비생산적인지 머리가 아프다. 조직은 나누면 조직본위주의로 인해 흩어지는 속성이 있다. 전체 속의 하나일 때 구심력이 유지될 터인데 말이다.

이런 협회의 구태를 가능하게 만든 것은 회원일 수도 있다. 우리 건축사들은 공통의 이익과 공익, 협회의 혁신을 위해 뭉쳐야 한다. 물론 나 또한 여기서 자유로울 수 없다. 몇 년 동안 협회 활동을 한 적이 있지만 이내 그만두었다.

그때가 아주 오래전이라 그동안 협회에 관여한 회원들이 얼마나 힘들게 고생했을지 관심이 있어 연구원 1기에 참여해 보았다. 20여 년 전에 협회에서 정한 '업무목록'과 유사했다. 내 일을 접고 협회에만 매진해야 구체적인 정책을 추진할 수 있을 것 같았다. 그럴 수 없기에 이젠 눈을 돌리지 않는다.

그간 협회에 변화가 단 하나 있다. 그것은 바로 위원회 수가 늘어난 것. 심의의 종류도 많다며 합치고 줄이기를 원하는 건축사들인데 '대건'이나 '서건' 모두 웬 위원회가 그리 많은가. 좀 축소하여 필요한 기능만 존치하고 회원들의 가치 증진, 근원적인 혁신에 모든 역량을 집중하는 것이 좋지 않을까 생각한다. 협회 체육대회를 가 보면 회원들 속에 또 다른 그룹이 있다. 이리저리 갈라지고 나뉜 이들을 '회원'이라는 하나의 이름으로 결속시킬 때다.

이 이야기는 협회교육의 품질을 말하기 위해서이다. 스물일곱 살에 석사 학위를 받은 이후 1998년부터 평생교육을 시작하여 2017년까지 태국 타마사대학 경제과정, 아태평화아카데미, 옥스퍼드대학 경제과정, 과기대 최고위건축

개발과정, 건대 상담사과정 등을 수료했다. 뭔가 배워 보려고 갔으나 주당(酒黨)이 아니면 버틸 수 없는 분위기에 수업이 끝나면 돌아와 버렸다. 내가 원했던 의도와는 사뭇 달라서 이젠 배움의 선택이 머뭇거려진다.

나는 협회가 미래 비전을 가져야 한다고 본다. 변화에 대처하는 고정된 매뉴얼이란 없다. 소기업은 힘에 부쳐 무던히도 고생한다. 1인 소기업 건축사를 묶어 경쟁력을 키워 주고 건축법인을 제도화하는 것은 협회의 의무이며 나아갈 방향이라고 생각한다.

협회는 비회원을 정회원으로 합법적인 시스템을 통해 의무적으로 들어오게 하려고 하고 있다. 과거에 있던 제도였으나 공정거래위원회에서 '카르텔'이라는 명목상 이유로 이 제도가 없어져 버렸다. 협회는 반드시 정회원이 아니면 안 되는 사유를 만들어 놓았는가? 먼저 준비하고 받아들이는 협회가 되어야 한다.

또한, 올해 건축사자격시험은 총9,000명이 넘게 지원했고 시험도 갈수록 어려워진다. 협회의 존재 이유를 지금도 의심받는데, 이들이 가까운 미래에 회원이 되면 과거 방식으로 협회가 존립할 수 있을까? 어렵게 관문을 통과하고 생기 넘치게 들어오는 신규 건축사 회원들에게 협회는 무엇을 보여 주어야 할지 진정으로 고민해야 할 때이다.

끝으로 대한건축사협회(대건)는 17개 시 · 도 건축사회를 총괄하며 각 명칭은 대한건축사협회 서울시건축사회 등으로 불린다. 총괄하는 대건 명칭이 접두어로 사용되다 보니 때론 대건과 서건의 주최를 엇갈리는 경우도 있으며, 때론 이에 대하여 확인해야 할 때가 있다. 한눈에 구분할 수 있었으면 좋겠다.

이상과 현실 사이

그린파킹(GP), 직역하면 '친환경(초록) 주차' 정도의 의미가 되려나. 여하튼 우리는 '초록'을 긍정적 의미로 받아들인다. 우리 동네는 그린파킹을 하고 있다. 행정의 궁극적인 목표는 사람이 좀 더 좋은 환경에서 살게 하기 위함인데, 문제는 실패한 정책이다. 모든 것을 시작할 땐 길게 충분히 생각하고 여러 가지 경우의 수를 타산해서 결정해야 한다. 그러나 그린파킹 정책은 설익은 정책이다.

첫째는 담장을 허물고 바닥포장비로 한 세대당 기백만 원씩 세금으로 지원했던 예산 낭비 정책이다. 둘째는 프라

이버시 침해다. 마당이라는 옥외공간이 노출되기 때문이다. 셋째는 가가호호 도로경계선을 넘나드는 쓰레기의 문제다. 담장 밖 쓰레기와 마당쓰레기가 모두 섞여 난장판이다. 넷째, 도로를 걸쳐 마당에 비정형화 비열주차 하는 상황이므로 도로 효율은 저하되었다. 나는 위와 같은 이유로 그린파킹에 참여하지 않았다.

그린파킹

내가 생각하는 주택지 주차장 계획은 시작할 때 투자비가 들더라도 적정 주차장 부지를 구입해서 도시 계획적으로 용도를 중복 결정해 지하층은 주차장, 지상층은 공원으로 사용하게 만드는 것이 더 좋을 것 같다. 도시공단은 예산이 없더라도 대출받아 건축물을 완성하고 주차료를 받아 상환하게 한다면 기간이 좀 걸리더라도 도로에 선만 그어 돈 받는 노상주차나 노외주차 시스템보다는 훨씬 지속 가능한 대책 아닐까.

그리고 중요한 한 가지는 그 건축물은 누구의 소유물이 되는가 하는 문제다. 구 자립도를 올리는 일이기도 하다. 일자리도 생기고 지역의 질서도 잡히는 일석삼조가 되지 않을까? 강동구가 2019 서울시에 보고한 자료에 따르면 해당 지역 주차장 보유는 1,212개소, 80.3%에 해당하며 주차 부족은 297대라고 되어 있다.

세계는 도로 다이어트를 한 지 오래되었다. 1996년에 프랑스를 간 적이 있다. 어느 길인지 지명은 정확히 생각나지 않지만 프랑스 버스는 천호동 로데오의 일방로(one way)처럼 생긴 길로 들어가 우리 일행을 내려 주고 가 버리곤 했다. 그리고 돌아오는 시간만 일러 주었다.

우리나라도 산행을 위한 좁은 길에서는 버스에서 승객을

내려 주고 가곤 한다. 그 외에는 별로 생각이 나지 않는다. 우리나라 종로엔 중국인 관광객을 위한 버스가 늘 우측 도로를 점유한 채 교통 흐름을 방해하며 주차되어 있고 시청 덕수궁 앞에는 버스들이 한 개의 차선에 주차되어 있다.

/ 덕수궁 앞에 주차된 버스들 /

그들과 우리는 전혀 다르다. 국내의 버스는 산행의 좁은 길에 세울 곳이 없어서 가는 것이고 해외 선진국의 경우

엔 자체의 규범으로 시내에 주차하지 않기에 그 양상이 다르다고 할 수 있다. 세계의 여러 나라들은 버스에서 내리는 위치도 규율을 지키기 위해 노력하고 있으며 공해를 줄이기 위해 근원적인 시스템의 문제로 접근하고 있는 지는 아주 오래되었다.

우리나라의 도로 폭은 최대한의 차수로 늘어나고 있고 전국을 잇는 차로 또한 매년 증설되고 있다. 과연 이대로 좋은가. 전국으로 이어지는 도로의 사용성만 보지 말고 인위적인 시설은 이제 심사숙고해야 한다.

사람은 정적인 공간이 많아야 생각을 잉태할 수 있다. 이를 위해 대중교통을 활용하고 싶지만, 당장 차를 지참하지 않으면 다음 단계 정보와 연계성 면에서 힘들어진다. 불편하지 않은 연계의 대안을 세워 마을버스를 활성화하거나 각 지역의 렌트카를 합리적인 가격으로 대중화해서 빌려 타는 시스템을 구축하면 되는 것이다. 지속 가능한 사회적 분위기 조성, 이것이 정책이다.

근로감독관들의 무사안일

혹여 이 사건에 대하여 질문을 받을 경우를 대비하여 언급해 두고자 한다. 잠깐 동안 사무실 건물의 입주자대표를 하였을 때 겪은 일이다. 이런저런 일로 관리사무소가 문제가 있었고 관리의 공백 기간이 있을 때였으므로, 이를 정상화하자는 취지에서 수임했다. 그런데 얼마 지나지 않아 기존 관리사무소에서 근무했던 여직원이 국선변호인의 도움을 받아 입주자대표인 나를 걸어 소(訴)를 제기한 일이 있었다. 밀린 급료를 지급하라는 소송이었다.

당초 입주자로서 관리사무소에 직·간접적으로 관여했던

K씨가 정상화할 동안 함께 일하자고 과거의 여직원에게 권장하여 추가로 일한 기간에 관련된 이야기이다. 나는 추가 근로계약서를 쓴 사실이 없으며 입주자 대표 건으로는 누구와도, 그 무엇도 작성하지 않았을 때다. 이때 밀린 급료란 근무했던 기간의 과거 급료가 아니며, 과거의 급료는 그 당시 용역관리 업체와 모든 직원들 정산이 끝난 후이다.

K씨는 1991년 사용승인 된 이 건물 초기 멤버이며 전체의 20%를 소유하고 있다. K씨가 권장을 했으며 그는 책임감도 있어 몇 달 동안 발생 비용 중 일부는 이미 개인적인 지출을 했었다. 나머지는 관리사무소가 정상화되면 정산하자고 하였던 터였다.

법원의 결정까지 고용노동부의 근로감독관이 3번 바뀔 정도로 긴 세월이었다. 고용노동부에선 직원이 바뀔 때마다 사건을 인계만 했고, 실제 해결을 위한 그 어떠한 노력도 보이지 않았다. 감독관이 교체될 때마다 다시 사실관계를 증빙하는 일도 고역이었다. 새로 인계받은 담당자는 일단 왔다 가면 뻔한 내용이니 돌아간 후 대답이 없었다.

정부의 돈을 받으며 갑의 말만 듣고 행하는 '국선변호인'
이라는 제도를 알게 되었다. 또한, 조사의 결과가 유리알
처럼 명확함에도 불구하고 차일피일 미루다 발령 나면 후
임에게 넘기며 시간을 끌다 사건을 종료하지도, 검찰로
수사의뢰하지도 않는 무능한 고용노동부 근로감독관들을
보았다.

상황에 따라 판단을 하여 그들 스스로 권한과 책임을 다
하는 소신 있는 공무원들이면 참 좋겠다. 전권을 가진 자
가 직위를 남용해 문제를 일으킨 적도 있지만 제도적으로
도 책임과 권한을 동시에 주어 공무원 각자 역량만큼 일
하는 능동적인 분위기가 되기를 희망한다.

근로감독관 종결이 최종인 줄 알고 일처리 완료 과정을 물
어보지 않은 나에게도 잘못이 있지만, 나중에 보니 법원이
종결자였다. 받은 편지를 들고 관리사무소에서 왔다.

재판이 있는 날 현재의 관리소장이 참석하겠다는 내용을
전달받았다. 나도 같이 가기로 하였다. 사실상 입주자대
표는 얼마 되지 않아 바로 사퇴하였기 때문에 나는 법원

에 갈 필요조차 없었으나, 나의 이름을 삭제하기 위하여 가기로 한 것이다.

법원에서 해당 건의 차례가 되었다. 다툴 내용이 없었기에 금방 끝이 났고, 다음 재판기일을 얘기할 때 나는 손을 들어 의견을 말해도 되는지 동의를 받아 다음과 같이 말하였다. "고용노동부에서 근로자 편의를 위해 일하는 취지는 좋지만 나처럼 정말 무관하게 햇수로 3년을 끌어 개인에게 지대하게 불리한 영향을 끼치면 논리적으로 맞는 말이냐? 어떻게 생각하는가?" 질문을 했더니 해당 판사는 국선변호인에게 본인을 빼라고 하달하여 다음 서류에 혐의 없음으로 종결되었다.

한마디로 너무 황당하고 기분 나쁜 사건이었다. 그런 과정에서 정당 면접이 한 번 있었는데 '수사 중'이라고 적혀 있는 이유에 대한 질문에 답변하느라 힘들었던 기억이 있다. 내 범죄경력 회보서에 이 건에 대하여 '혐의 없음'이란 글자는 영원히 사라져야 한다고 생각한다.

5

희망 한 됫박

때로 그런 존재가 있다.

보기도 징글징글해 한숨만 나와도

결국은 끌어안고 가야 하는,

그가 바뀌어야 내가 웃을 수 있는.

교육이 그렇고 서민경제가 그렇고

또 정치가 그렇다.

정치는 눈물로 올린 손수건인가 보다.

정치권, 그 거대한 장벽

나는 20대부터 정치를 꿈꾸어 왔다. 물론 정치라면 고개를 설레설레 젓는 사람이 많다. 국회의원을 떠올리면 기만과 위선, 당리당략으로 무위도식한다는 이미지가 강하다. 오죽하면 진정성 없는 사람에게 '정치적이다'라는 평가를 할까. 늘 코미디의 소재로 소비되고 마는 정치혐오 문화는 비단 우리나라의 얘기만이 아니다.

그럼에도 나라와 사람의 삶을 디자인하는 것은 여전히 정치의 영역이다. 아르헨티나와 영국, 그리스와 같은 나라의 국민은 정치의 파국으로 인해 엄청난 고통을 겪었고,

역설적으로 국민은 선거의 엄중함을 깨닫고 있다고 해도 과언이 아니다.

"정치를 외면한 가장 큰 대가는 저열한 인간들에게 지배 당하는 것이다." 근현대의 정치학자가 아닌, 고대 철학자 플라톤이 한 말이다. 그는 어쩌면 시민 참여를 통한 공화제의 미덕을 가장 일찍 설파한 사람일지도 모른다.

누군가는 정치를 이익집단의 이해관계를 조율하기 위한 타협과 협상의 과정이라고 하고, 누군가는 사람의 사회적 삶을 결정짓는 고도의 활동이라고 한다. 시민 참여정치라는 개념이 확장된 지금 시대에는 정치인만 정치를 하는 것이 아니다. 자신이 믿는 가치를 지키기 위해 헌법소원을 제기하고, 국회에 압력을 행사하며, 시민과 함께 시행령을 바꾸기 위해 노력한다.

젊은 시절 정치를 꿈꾸었던 이유는 '창조의 열망' 때문이었다. 작은 입법기관으로 의지를 실행할 수 있는 방법을 지향했기 때문이다. 낡은 관계를 새것으로 바꾸고 관행을 바꾸어 가장 먼저 다른 시각의 정치를 하고 싶었다.

김영삼 정부 시절 나의 H 언니가 장관을 하였고 생활인과 직업인으로서의 정치적 한계를 일찌감치 알았다. H 언니와는 막역한 사이로 대학 3학년 때 언니 동생하기로 한 관계다.

성직자도, 언론인도 의사도 모두 사회를 바꾸는 사람들이다. 하지만 나는 더 많은 사람에게 선한 영향력을 직접적으로 행사하는 직업으로는 정치인이 최고라고 생각했다. 그리고 정치를 꿈꾸되 정당이나 유력정치인 주변을 행성처럼 돌며 생활하는 정치 백수가 아니라 땀 흘려 일하는 전문가로 당당하게 시민의 목소리를 대변하고 싶었다.

하지만 생업을 하면서 선거에 도전하는 것은 환상에 불과했다. 진행하던 프로젝트가 있었기에 선거철이 되면 나는 방설이며 늘 뛰는 가슴을 가라앉혀야 했다. 지역구민을 만나지 않고 그저 자질과 정책만으로 선거운동을 하는 것은 불가능했다. 지금은 옛날보다 돈이 적게 들긴 한다지만, 갑부가 아닌 이상 선거에 한번 도전하면 적어도 1년 이상 생업을 포기해야 하고, 낙선 후 구멍 난 생활전선을 메꾸기 위해 2~3년을 고생해야 한다는 말은 현실이었다.

2000년 중앙당 여성복지 부위원장, 2006년 바르게살기 중앙회 부회장을 할 때도 여성회장 자리를 놓고 비례대표 입문의 기회는 있었으나 돈도 없고, 성별 구분도 싫고, 돈을 투자해서 자리를 산다는 찜찜한 생각이 나를 편하게 놓아두질 않았다. 전문가로서 작품도 시작해야 했다. 그 때부터 10년을 내가 원했던 것만 하다 보니 이때가 되었다. 오래전에 생각한 자리는 따로 있는데 더 늦으면 안 된다는 생각에 갑작스레 결단을 내린 것이다.

2018년 전국동시지방선거에서 나는 서울시 광역의원으로 첫 출사표를 냈다. 오래전 친구 먹기로 한 L이 서울시 부시장 근무 시절 "경희야, 너도 시의원이나 해라."고 권유했었다. 그땐 속으로 '날 어떻게 보고? 난 시의원은 생각한 적이 없는데….'라며 반문했다. 정치에 대한 오랜 목표는 있었지만, 시의원은 아니었다. 그런데 막상 정치를 하겠다고 친구를 만났더니 그 친구는 정년을 하고 잠시 쉬는 중이었는데 "야, 너 돈 있어?"라 물으며 그 돈이 있으면 쓰라고 하였다.

서류 제출 전 정해진 교육 시간을 채우느라 야학당에 갔

서류 제출 전 정해진 교육 시간을 채우느라 야학당에 갔었는데 문희상 국회의장님이 수업 시간에 정치 신인, 전문가, 여성 후보에게 정치 진로를 열어 준다는 당의 방침을 설명했던 참이고, 실제로 정당공천을 위한 경선 룰도 여성 정치 신인에게 유리하게 결정되었다. 많은 가산점이 있었기에, 비록 지역구에 텃밭이 없어도 그간 지역에서 35년 살면서 준비한 정책과 역량이라면 겨뤄 볼 만하다고 생각했고 걸릴 것이 없었다.

예비후보로 등록한 이후 지역의 유권자와 당원을 만나며 두 달 가까이 정당 내 공천경선을 위한 활동을 했다. 후보 등록 전 예비후보등록을 먼저 할 수 있게 한 이유는 정치신인도 본인을 알릴 기회를 주자는 취지였다. 지역민의 반응도 좋았고 무엇보다 지역 내 내가 선택한 당의 구성원이 고착된 권력구조에 대한 변화의 열망이 느껴졌다.

지역의 권력구조란 별게 아니다. 대통령선거를 정점으로 형성된 당 내의 계파 간 권력구조가 지역에선 국회의원을 중심으로 한 당협으로 구성되어 있다. 한 명의 광역의원을 중심으로 2~3명의 기초의원이 포진한다. 국회의원이 사실상 공천권한을 쥐고 있는 경우가 많기에 국회의원 선거가 끝나면 광역의원과 구의원의 조직이 바로 선거조직으로 전환된다.

중앙에서는 지역의 선거에 대한 방침을 전달하겠지만 확인을 하거나 보고는 받지 않았을 것이다. 중앙의 제도가 지역에 자리 잡으려면, 포괄적인 범위에서 구체적인 지침과 제한선을 주고 확인을 해야 후보 발탁의 흐름이 바뀔 것 같다.

무엇이 문제인가? 나는 사실상 예정된 탈락이 아니었는지 분석해 보았다. 우선 서울시당에서 지역위원장 말을 들어 단수 공천할 생각이었다면 처음 1차부터 한 명으로 끝났어야 한다. 두 명을 선발하지 말았어야 한다.

1차 적격이었다면 경선까지 가는 것은 당연해야 했다. 신인이라 생각하여 후보를 알릴 시간을 더 주기 위한 명분으로 예비후보등록을 해 주었으나 취지와는 정반대로 예비후보등록 기간 중, 경선은 탈락시키며 48시간 이내 이의신청을 받는다고 했다. 이것까지 했더라면 어땠을까?

나는 1차에 이미 17가지 서류를 제출하여 후보자 검증위원회에서 적격판정을 받았기 때문이다. 시당에 제출해야 하는 서류는 후보적격심사 등을 위한 것으로 구체적인 이력은 물론 범죄경력조회 및 재산신고, 정책과 공약 등 수십 페이지에 달하는 분량이었다. 정치 신인에게는 많은 준비가 필요했다.

후보 적격심사에는 통과했지만, 서울시당에선 경선 없이 경쟁후보였던 구의원을 공천했다. 이제 곧 시작될 경선 준비에 몰두하며 일정을 점검하고 있을 때 그 소식을 전해 들었다. 온몸에 힘이 빠져나가며 여러 생각이 한꺼번에 몰려왔다.

새벽별이 아직 남아 있을 때 일어나 여섯 개 동 주민을 만나며 새 정치에 대한 열망을 실현시키려 했던 지난 두 달이 주마등처럼 스쳐 지나갔다. 결국 지역의 위원장은 새로운 인물을 원하는 것이 아니라 말로만 듣던 자기 사람을 원한다는, 그 단순한 실정을 몸으로 직접 깨져 가며 얻어야만 했다.

그날 밤 나는 2천여 명이 넘는 지지자들에게 네 번째 문자를 보냈다. "저는 당에 기여도가 낮다는 사유로 '컷 오프'되었습니다. 그러나 2020년 제21대 총선에서 다시 뵙겠습니다. 항상 행복하십시오!" 이 약속을 지키기 위해서 나는 또 어떤 노력을 해야 하는가? 30명 정도의 화답의 문자가 연이어 왔다.

경선조차 치르지 못했기에 나는 기탁금의 일부를 반환받기 위해 당에 문의했지만, 내가 낸 돈의 출처는 누구도 알지 못했다. 한국의 정당정치는 땀 흘려 일하는 진짜 정치신인을 원하지 않는다는 것을 뼈저리게 느꼈다. 내가 맞닥뜨린 절벽이지만, 또 다른 누군가에게도 이 장벽은 견고하게만 남아 있을 것이다.

이젠, 내 꿈을 어찌해야 하는가. 한동안 마음이 정리되지 않았다. 공직선거법 57조에 따르면, 경선을 치르지 않은 예비후보자의 공식후보 등록 전 사퇴는 기탁금 반환이 되지 않는다는 내용의 조항이 있다. 예비후보자 등록을 하여 선거홍보를 하다가 당이 당내 경선조차 하지 못하게 한 결정 때문에 사퇴서를 제출한 경우임에도 불구하고 선거관리위원회에서는 기탁금(나의 경우는 광역의원 후보자등록비의 20%)을 국고로 귀속해 버렸다.

이 경우는 자의가 아니기 때문에 예외이어야 할뿐더러 또 다른 지망생들이 피해 보는 일이 없도록 앞선 내용에 각각의 분명한 지침이 있어야 한다. 기탁금 반환을 받기 위해 선관위에 연락을 했지만, 선관위 사무원은 정당 지역 사무실로 전화해 보라고 했다. 아무도 대답해 주는 사람이 없었다. 사실 이에 대해서는 아직도 명쾌한 해석이 되지 않는다.

나는 서울시당에 서류 제출 전부터 심신이 피곤했다. 서류 제출 전 지역위원장을 만나 보는 것이 좋지 않겠냐는 지인들의 권장을 반영한 것이 외려 화근이 되었는지도 모르나. 지역의 J국회의원은 비서를 통해 이런저런 이유를 들며 2주일 동안 만나기를 피하기만 하였다.

어느 날 모임에서 나는 "광역의원 서류 접수를 하기 전 J의원을 만나고 싶은데 계속 안 만나 준다"고 말했는데, 내 말을 들은 동기 P변호사가 마침 J의원과 연수원 조원이었다고 했다.

"야, 그런 거 있음 진즉 말하지. 내가 해결해 줄게."라 말했으나 그도 대답이 없었다. 내 P친구는 연수교육 시절 502명의 사법연수원 동기회 회장이었다. 그 일이 있은 후 고교 동기생 40여 명이 1박2일 여행을 갔었는데 P는 서울로 오는 날 버스에서 내리면서 술이 취해 미안하다고 하였다. 나는 더 이상 알고 싶지 않아 되묻지 않았다. 높은 자리에 앉은 사람이 자리만 피한다면 해결될 일은 없다. 민원이든 상황이 곤란하든 'YES'와 'NO'를 분명히 해야 하는 것이 그들의 책임이기도 하다. 이미 이때 현직 구의원을 시의원으로 내정해 놓았던 것 같다.

2주 정도 시간을 끌다가 서류 제출 전날 밤에야 연락이 왔다. 서류 제출일인 다음 날 오전 9시쯤 지역 사무실로 나오라고. 그녀를 처음 만나는 그 자리가 나는 참으로 어색하게만 느껴졌다. 그때 본 그 표정, 그 눈빛이 지금까지도 생생하다. 끝나고 사무실에 오니 거의 오전이 끝나 갔다. 며칠 전부터 준비하지 않았더라면 서류 제출도 어려웠을 것이다. 차라리 말로 하지….

나는 18대 Y국회의원으로부터 몇 차례 구의원 제의를 받았었다. 그러나 나는 바쁘다는 핑계로 정중히 거절하였다. 내가 그분을 지금도 감사하게 느끼는 건, 진한 진솔함이 묻어 나온 이 말 한마디였다. 나를 시의원 주고 싶은데 요번에 시의원은 먼저 약속한 사람이 있다고….

제목 : 우리 함께

해 봐야만 아나요 여지껏 보았잖아요

이제 우리 서로 도와서 재미난 나라 만들어요

약속대로 실행하고 바로 보고할게요

늘 망각하지 않고 항상 낮게 일할게요

예쁘게 일러 주세요

바르게 수정할게요

우리 모두 함께 가요

위 노랫말은 이 노랫말은 12년 내가 작사 · 작곡하고 박용진 씨가 편곡하여 녹음하였다. 아동들이 떼창으로 재녹음하여 국회의원들의 노래가 되기를 원한다. 국회에서 싸우지 않길 바라는 마음과 하는 일에 자긍심을 갖고 명예를 지키는 정치지도자의 상을 부드럽게 담은 것이다.

꿈을 기획하다

비록 지방선거에서 공정한 경쟁조차 하지 못하고 탈락했지만, 나는 바른 정치를 위한 꿈을 접지 않았다. 그 경로가 힘들어도 나는 국회의원이 되어 국가의 건축정책에 참여하고 싶다.

관행처럼 굳어진 나라의 건축행정이 수많은 시민의 안전을 위협하고 기형적인 도시개발을 부추기는 현실을 너무나 많이 보아 왔고 잘 알기 때문에 나는 국회 국토교통위원회(상임위원회)에서 활동하고 싶다. 국토교통위가 국가적 건설정책에 대한 입법과 행정감사를 담당하고 있기 때문이다. 국토위에서 일하는 건축사 국회의원이 1명 있고 건축사 광역단체장은 다수이다.

나는 땀 흘려 일하는 일반 서민의 삶이 바로 국회의원의 삶이 되어야 한다고 생각한다. 우리나라 국회의원의 세비는 정근수당, 상여금, 명절휴가비, 입법 활동비 등으로 구성되는데, 1년 소득으로 따지만 거의 1억 5천만 원에 해당한다. 이 금액은 도시근로자 평균 임금의 5배가 넘는 수치다. 여기에 사무실운영지원비와 출장지원경비 등 근 1억 원에 가까운 돈을 합치면 2억 5천만 원 수준이다.

물론 이는 논란이 많았던 국회의원 특수 활동비를 제외한 금액이다. 중소자영업자와 월급쟁이들에겐 1만 원의 세금 감면조차 유리알처럼 투명한 회계장부와 증빙자료를 요구하지만, 국회의원에겐 그런 부담이 없다. 영수증 처리를 하지 않아도 그만이다.

OECD 국가 중 국회의원에게 이 정도의 특권과 연봉을 주는 나라는 드물다. 스웨덴을 비롯한 북유럽국가들의 국회의원이 몇 만 원짜리 영수증을 허위로 제출했다가 사임을 요구받고, 원룸 같은 쪽방에서 살며 자전거로 출퇴근하고 언론과 시민단체에 의해 입법 활동을 상시적으로 감시당하는 일은 그야말로 남의 나라 이야기일 뿐이다.

국회의원의 세비의 상당수는 평균 이상의 생활을 꾸리는데 사용되고 또 지역구 관리에 사용된다. 나는 국회의원의 실생활이 일반 국민의 평균 수준으로 되지 않으면 과연 그들이 서민의 고충에 아파하고, 서민을 위한 정책을 진심으로 펼 수 있을까 하는 의문을 가져 왔다. 자신의 문제가 아니기 때문이다. 국회의원은 국민의 대변인이기 이전에, 국민의 머슴이다. 일하는 사람은 명예를 갖고, 국민을 대표하며 세비는 최소한의 생계유지만을 가능하게 해야 한다.

상상해 보자. 만약 국회의원이 도시근로자 임금 수준이 250만 원 정도의 세비만을 받고 모든 공무 중 활동비를 영수증 처리해 매달 정보공개를 할 수 있게 만든다면 어떨까?

국회의원이라는 직업을 통해 특권을 누리려는 자들이 지

금처럼 정치권에 목을 매고 수단과 방법을 가리지 않고 당선되기 위해 검은돈을 사용할까? 특정 기업에 자신의 자식을 입사시키기 위해 로비입법을 하고, 감사를 무력화하는 일은 일어나지 않을 것이다.

나는 최소한의 비용을 세비로 받고 나머지는 여러 이유로 일을 하고 싶지만 절대로 할 수 없는 근본적으로 어려운 이들을 위한 곳에 기부를 할 것이다. 이는 단순히 정책과 법률로 국회의원의 특권을 줄이는 방식이 아니라 국회의원이 진정한 명예직으로, 정치전문직으로서 시민에게 존중받는 문화를 만들 수 있다고 생각한다.

나는 사회의 문화를 바꾸고 싶다. 조금씩 아주 천천히 바뀌어 가고 있지만 말이다. 우리에겐 수많은 법안이 있지만 대부분은 규제를 위한 법안이며, 일부는 보편적 복지를 위한 구제 법안이다. 물론 저소득층 가구에 지원을 하고, 청년 일자리를 위해 특정 예산을 편성하는 것은 좋은 일이다.

그러나 사람의 삶의 질과 행복에 대해선 우리 사회는 심각한 불감증에 빠져 있다. 또한 지금의 일자리정책이나, 인구절벽에 대한 대책, 청년 일자리 문제, 가계부채 등에 대해선 정부의 정책이 거의 효과 없다는 것이 입증되었다.

국가의 역할은 무엇일까? 이 질문은 국가가 왜 존재해야 하는가에 대한 질문이기도 하다. 국가가 나라의 안보와 사회의 안전, 구성원의 경제활동을 보장하는 것은 근대적 국가의 개념이다. 다음은 헌법 전문 중의 일부 내용이다.

"(대한민국은) 모든 사회적 폐습과 불의를 타파하며, 자율과 조화를 바탕으로 자유민주적 기본질서를 더욱 확고히 하여 정치 · 경제 · 사회 · 문화의 모든 영역에 있어서 각인의 기회를 균등히 하고, 능력을 최고도로 발휘하게 하며, 자유와 권리에 따르는 책임과 의무를 완수하게 하여…."

매 정부마다 권력구조 개편에 대한 개헌 논의는 있어 왔지만, 헌법학자들도 정치학자들도 모두 공감하는 것은 개인의 행복과 발전에 대한 국가의 의무가 더욱 커져야 한다는 점이다. 현재의 헌법전문에 규정하고 있는 '각인의 기회를 균등히 하고 능력을 최고도로 발휘하게 하며'라는 내용을 실현할 수 있는 국가정책을 강제해야 한다는 뜻이다.

기회를 균등히 하고 능력을 최고조로 끌어올려 자기실현을 하게 하는 수단은 역시 '배움'이다. 배움은 고기를 잡는 방법이다. 이는 중등 · 고등교육뿐 아니라 국민이 평생 자기실현을 할 수 있는 생애교육을 국가가 책임져야 한다는 뜻이기도 하다. 헌법 31조엔 교육에 대한 국가의 의무를 규정해 놓았다. 모든 국민은 능력에 따라 균등하게 교육받을 권리를 가졌고, 의무교육은 무상으로 하며, 국가는 평생교육을 진흥해야 한다는 내용이다.

대학교를 비롯해 언론사, 법인의 평생교육원도 무수히 많이 생겼다. 특히 취업에 도움이 되는 자격증이나 학점은행, 직무능력 향상과 관련한 기술교육 등은 기업의 규모에 따라 차이가 있지만 고용노동부로부터 50% 이상의 국고지원을 받는 프로그램도 많다. 아직까지는 시민이 일부 무상으로 배울 수 있는 프로그램은 대부분 직무능력에 대한 것이다. 사회복지사 자격증, 컴퓨터 프로그래밍, 코딩, 디자인 프로그램의 사용, 통계처리 자격 등과 같은 것들이다.

그러나 지적 소양과 삶의 태도를 얻을 수 있는 인문학이나 기초과학, 경제학과 관련한 내용, 특히 언어와 관련한 내용은 국가의 지원을 받을 수 없도록 되어 있다. 평생교육법에서 정한 환급강좌 대상에서 처음부터 제외하도록 설계된 것이다. 즉, 밥벌이와 직접적으로 관련된 기술은 국가가 지원하지만 그 외의 영역은 지원할 수 없다는 것이다.

물론 여기에는 사정이 있을 것이다. 언어와 관련해선 각종 어학원이 난립하고 있고, 인문학 등의 강좌는 어지간한 대학에서 마음만 먹으면 얼마든지 개설해 사람을 끌어모아 국고를 탈 수도 있을 것이다. 그러나 멀리 내다보아야 한다.

그럼에도 나는 언어를 기본으로 한 인문학적 교육을 전 국민이 언제든 받을 수 있도록 법과 문화가 바뀌어야 한다고 생각한다. 우린 극심한 경쟁체제에서 살아남기 위해 평생 뛰어다닌다. 부당하게 고착된 서열과 갑을관계에 의해 사람들의 영혼은 상처입고 마음의 쉼터 따위는 전혀 고려하지 않은 채 살아간다.

결국 40대에 즈음해서 찾아오는 우울증과 공황장애는 너무나 흔해 국민질병 같은 것이 되어 버렸고, 스트레스와 관계 장애로 인해 조현병과 같은 심각한 정신질환도 기하급수적으로 늘고 있다. 이 문제는 사실 빈곤의 문제와 영혼의 사회적 고립과도 연관되어 있다.

생각해 보자. 국민행복지수 세계 최하위, 청소년, 노년층 자살률, 노인빈곤층이 세계 최고의 나라에선 여전히 근근이 밥 벌어먹고 살기 위한 질 낮은 기술 따위를 평생교육이라 하고 있다.

어린이집, 초등학교부터 아이들에게는 음악의 아름다움과 스포츠의 즐거움, 문학이 주는 영혼의 발전을 주었으면 한다. 음악과 운동, 문학은 사람이 살아가는 데 가장 큰 행복을 줄 수 있고 아름다운 관계를 만들 수 있는 것이기도 하다. 생의 가장 버겁고 우울한 순간을 음악이나 시, 운동을 하며 이겨 낸 사람들의 회고는 너무나 많다.

만원 지하철에서 졸음에 겨워 시달리는 청춘들이 죄다 스마트폰의 뉴스와 동영상을 보느라 시간을 보내는 것을 보면 가끔 가슴이 답답해지곤 한다. 작은 시집을 들고 오랫동안 사색에 잠겨 있는 이를 보면, 그의 영혼은 참 푸르겠구나 하는 생각을 하곤 한다. 매주 모여 춤을 추고 토론을 하며 몸을 쓰며 자신이 살아 있음을 확인하는 노인의 표정을 보면 한결같이 빛나고 있다. 자신이 몰두하고 즐길 수 있는 그 무엇이 필요한 것이다.

특히 다른 나라 언어는 동네에서도 배울 수 있었으면 한다. 아프리카의 스와힐리어가 아닌 이상 과거와 달리 한국에 체류하고 있는 외국인 교환학생도 많고, 현지 언어를 능숙하게 구사하는 2세대도 많은 만큼 시스템만 만들면 언어교육은 적은 돈을 들여 금방 활기를 띠며 사람들을 매혹할 것이 분명하다.

언어를 배우는 것은 그 나라의 문화와 기호를 모두 배우는 것이다. 전직 대통령은 대책 없이 청년실업 문제를 두고 젊은이들에게 중동으로 가서 일하라고 말했지만, 사실 해외취업이나 해외거주는 청년들 개인이나 국가경쟁력을 위해서도 좋은 일이다. 다만 해외로 나가기 전 경쟁력 있는 콘텐츠와 어학 실력, 취업 알선 및 생활 보조 등과 같은 국가의 제도적 장치가 선행되어야 한다.

우리나라를 반도국가라고 하지만 정확히는 반도가 아니라 섬이다. 그것도 인구 5,000만에 불과한 작은 섬이다. 이 지리적 단절은 결국 해외에 대한 두려움과 고립적 정주문화를 양산했다. 유럽 젊은이들은 어려서부터 두세 개의 외국어를 자유자재로 사용하고 자동차를 타고 다니며 유럽 각국을 여행할 뿐만 아니라 해외취업을 당연하게 생각한다.

우리나라 젊은이들은 SKY 대학, 대기업과 공공기관 취업에 모든 것을 바치고 있다. 심지어 유튜브 크리에이터가 돈이 된다고 하자 너나없이 동영상 제작에 뛰어들고, K-POP과 K-드라마가 뜨자 죄다 아이돌과 드라마 작가, 배우에 뛰어든다. 다양성이라곤 찾아볼 수 없는 젊은이들의 질주가 향하는 곳은 오직 하나, 성공과 부의 축적이다. 지금 이렇게 획일화되어 가고 있다.

70년 묵은 분단이 결국 이 땅 젊은이들의 사고의 영토조차 도 고립시켜 버린 것이다. 나는 이 막힌 곳을 뚫어 주는 소중한 마중물이 언어교육이라고 생각한다. 대학 진학과 관련 없이 고등학교 시절 수학과 영어문법에 올인 하는 것이 아닌, 실제 살아 있는 현지인의 언어를 익히고 방학이면 현지에서 아르바이트를 하고 문화체험을 하는 기회를 갖길, 그리하여 생각하는 영혼의 시간을 보내길 원한다.

비슷한 유형의 워킹홀리데이는 나이 제한을 두어 해당국에서 워킹비자로 받아들인다. 돈을 벌어서 여행을 하려는 학생들이 주로 농장에 가는 것은, 격리된 지역이라 비교적 보수가 좋은 이유에서라고는 하지만 언어와 문화를 배우기에는 좋은 환경이 아니다.

해외에서 성장하고 해외에서 조국을 본 그들이 성장했을 때 얼마나 뛰어난 글로벌 인재가 많이 탄생할지를 그려본다. 중국이 청일전쟁, 아편전쟁을 겪으며 몰락할 때 중국 젊은 층에선 '근검공학운동'이 전개되었다.

즉 일하며 학문을 배우자는 것인데, 실제 신해혁명 이후 수많은 젊은이들이 유럽과 미국으로 건너가 막일을 하면서 신문물을 배웠고, 다시 고국으로 돌아와 근대화의 기수 역할을 다했다. 신중국 건설 이후 마오쩌둥의 황당한 실정에도 중국공산당을 개혁개방으로 이끈 힘은 유럽과 조국의 현실을 모두 체득한 실력자들 덕분이었다.

물론 지금은 사정이 다르다. 나는 젊은이들이 조국의 영광을 위해 해외로 나가는 것이 아니라 자기실현과 행복을 위해 삶의 선택지를 한국이라는 섬이 아닌 세계로 넓혀 넓게 보고 이른 경험을 해 볼 기회를 가졌으면 좋겠다는 생각을 한다. 개인의 삶과 풍요로움이 곧 나라의 성장이니 말이다.

노인들의 사회적 고립 문제 역시 심각하다. 평생 벌어 자택 하나와 국민연금이나 노령연금만으로 생활하는 경제적 곤궁에 더해 노인들을 비참하게 만드는 것은 관계의 고립이다. 활동에 전혀 지장이 없음에도 불구하고 50세 무렵에 은퇴를 강요당한 이들은 퇴직금을 털어 치킨 집과 카페를 내지만 창업 후 3년 안에 폐업하는 경우가 부지기수다.

이보다 더 큰 문제는 영혼의 상처다. 삶의 빈곳을 정신과 문화, 그리고 사람관계의 풍요로 채우지 못하면 노인들의 삶은 고독한 투병만이 남은 외로운 공터가 된다.

늙으면 마지막으로 외롭게 가는 곳이 요양병원이 아니라 사회가 제공하는 안락한 주택촌이었으면 한다. 중앙엔 공원과 병원, 그리고 인근엔 밭 등을 갖춰 자급자족이 가능한 삶의 터전을 꾸미는 것이다. 먹고 남는 것은 판로도 개척해 주어야 한다. 이들이 건강해지면 가족들이 행복하며 나라가 건강해진다. 이를 위한 공적인 근간이 만들어져야 한다. 지금 정부의 지원금을 편취하기 위해 난립하는 악성 요양병원 등에 대한 시스템을 재정비해야 할 때라고 생각한다.

우리는 요즘 일본 때문에 머리가 아프다. 그러나 일본이 먼저 겪은 인구절벽과 사회 고령화 현상의 사례를 적극적으로 연구하여 노인들이 버티고 살아갈 수 있는 삶의 징검다리 역할을 해 주어야 한다.

일본의 경우 은퇴 노인들의 문화생활을 적극 장려하고,

이들의 모임을 지자체가 나서서 지원하기도 한다. 할아버지들이 밴드를 결성하고, 할머니들이 에세이 모임을 꾸린다. 심지어 자식들보다 곁에 있는 벗이 더 소중하다며 서로의 죽음을 아름답게 보내고 지켜 주기 위한 모임까지도 활성화되어 있다.

지금도 잊을 만하면 TV에 등장하는, 노인을 상대로 한 경품사기 사건을 보자. 시간은 많고 극심한 외로움에 시달리는 노인들을 행사장에 불러 자식보다 더한 웃음과 즐거움을 선사해 환심을 산 뒤 마지막에 엉터리 약재를 고가에 파는 수법인데, 놀라운 일은 일부 노인은 이들의 저의를 모두 알면서도 이런 모임에 참석한다는 것이다. 즉, 이들이 자신에게 베풀어 준 관심과 호의의 대가로 그 정도 상품을 팔아 주는 것쯤은 할 수 있다는 식이었다.

오랜 벗과 사람에게 느끼는 온기와 사회적 인간으로서의 자기 성취. 그리고 타인에 대한 헌신과 공동체에 대한 역할. 이것이 빠진 사람의 삶은 그저 생존과 경쟁을 위한 경제적 동물 그 이상도 그 이하도 아니다.

비틀즈 멤버였던 존 레논이 행복에 대한 유명한 말을 남겼다. "내가 5살 때 어머니는 '행복'이야말로 삶의 열쇠라고 했어요. 학교에 들어가자 선생님은 커서 무엇이 되고 싶은지를 적으라고 했어요. 나는 'happy(행복)'라고 적어서 냈어요. 그러자 반 아이들은 내가 (선생님이 준) 과제를 이해하지 못하고 있는 것 같다고 했어요. 그래서 내가 말했죠. 너희들은 'life(삶)'을 이해하지 못하고 있다고요."

70세의 아들이 90대 노모의 치매 간병을 하며 우울증에 시달리는 모습을 보았다. 의학기술의 발달은 사람의 수명을 연장하긴 했지만 건강한 노년과 행복까지는 보장하지 않는다. '빈곤한 노인'이 '유병장수' 하며 고립되는 세상이다. 오래 사는 것이 그 무엇보다 두려운 세상이 되었다. 자식에게 짐이 될까, 치매에 걸릴까, 극단적인 빈곤과 외로움 속에 노년을 보내게 될까 하는 것 말이다. 우린 흔히 노년을 황혼기라고 표현한다. 정말 '황혼'이라는 말처럼 아름답게 타오르며 품위 있게 죽을 순 없는 것일까? 우리 사회에 던져진 가장 중요한 주제는 이것이 아닐까? 본격적인 고령사회의 문턱에서 우린 어느 정도 준비되어 있는가.